Bastien Kossek

Chagrins Populaires

roman

Ramsay

Chagrins Populaires

Première édition

La chanson de Paul

Cette nuit, je vais écrire mon livre.
Il est temps, depuis l'temps.
C'est mon roman, c'est mon histoire.
Il y a des choses qu'on n'écrit,
Que lorsqu'il est très tard,
Que lorsqu'il fait bien nuit.
Dors, je t'aime.

Jean-Loup Dabadie

1. Des adieux

On repart à genoux,
Le cœur sous perfusion.
Au bord de la faillite mentale,
Mais sans passion.
Des adieux.

Elle m'annonça ce que je pressentais, ce que j'attendais et ce que je n'avais inconsciemment cessé de chercher depuis le jour de notre rencontre. Quand le couperet tomba, il était trop tard et trop tôt à la fois. Il était l'heure à laquelle nous avions aimé la fête, les balades sur la plage, les bains de minuit pas toujours ponctuels et les interminables discussions, lorsque nous refaisions le monde jusqu'au point du jour. Cette fois, nous défaisions le nôtre dans une obscure ponctuation finale, sur les draps immaculés de ce grand lit pourtant trop étroit pour nos deux corps soudain désaimantés.

Que faisions-nous dans la chambre sans charme de cet hôtel de passage ? Je ne m'en souviens pas. Ce qui me revient, c'est qu'elle était allongée sur le dos, inerte, le regard figé vers un plafonnier poussiéreux, lequel s'était brusquement éteint au cours de la soirée. La lumière blanchâtre qui dérivait de la rue éclairait la moitié de son visage, d'une pâleur spectrale. L'autre versant était plongé dans le noir, comme à l'ombre d'elle-même. Tel qu'au théâtre, le décor s'apparente au drame que l'on joue. C'est peu dire que le nôtre manquait cruellement d'âme. Nos adieux ne ressemblaient pas à des saluts d'artistes : ils n'en avaient ni l'émotion ni la frénésie. Et si quelques larmes s'étaient échappées de nos yeux ternes, elles avaient roulé et séché dans un même mouvement, en l'espace d'une seconde.

Une seconde, ça paraît fugace, mais cela fut suffisant pour détruire le plus grand édifice que je n'avais jamais construit jusqu'alors. Même pas le temps de se dire que *putain, ça penche*. J'aurais préféré m'incliner dans la langueur d'un amour en déliquescence pour voir arriver la fin, anticiper la peine et, peut-être, qui sait, amorcer une passation. Bien sûr qu'au fond de moi, je ne croyais pas un instant à cette dernière hypothèse. L'amour ne se transmet pas comme un témoin, et l'âme sœur n'est certainement pas aussi interchangeable qu'un auteur-compositeur dans la carrière de Johnny Hallyday, ou qu'un sprinteur jamaïquain participant au relais olympique. Ils sont combien, sur cette petite île des Caraïbes, à courir sous les dix secondes ? Moi, depuis son départ, *j'cours tout seul* à la recherche d'un second souffle qui ne vient pas.

Trois ans dans la peau de l'esclave. Et juste après, trois ans de plus. Parce que oui, le balancier du temps a atteint son point d'équilibre. Depuis notre rencontre, je réalise que j'ai vécu autant en sa présence qu'en son absence, et ce constat est un vertige. Nous étions si étroitement unis, comme mêlés l'un à l'autre, à tel point que je ne savais plus où se situaient nos propres limites. Aujourd'hui, je m'aperçois que nous avons tout partagé — les joies, les envies, les doutes, les peines. Mais, en réalité, cette vie entrelacée a été principalement rythmée par des bonheurs quotidiens. Quand on est aussi heureux, un millier de jours, c'est bien trop court. Mais lorsqu'on crève de chagrin, ça ressemble à la perpétuité.

Il m'arriva, en voyant les minutes s'égrener dans la douleur, de penser que c'était sans doute le prix à payer. La rançon d'une allégresse passée. Incapable de me consoler du reste, je cherchais au moins à calmer l'angoisse des jours, des semaines et des mois qui s'envolaient. Le compte était bon puisque le bonheur avait duré plus que la peine, puisqu'il y avait eu davantage de jours avec que de jours sans. C'était comme une philosophie-poupée. Celle qu'enfant, on vous colle sur le bout du doigt pour subitement stopper les larmes, de la même manière que l'on fermerait un robinet – effet placebo garanti. Pas de larmes dans le lavabo, donc. Mais, face au miroir qui se glace, un visage déformé. Un visage qui n'était plus tout à fait le mien. Plutôt celui d'un homme sans âge, perdu entre sa naissance et sa mort. Un homme chagrin.

Dans les premiers temps, j'ai souvent eu envie de hurler *allô maman bobo*, mais j'ai préféré camoufler ma peine. Je jouais au vieux routard de l'amour, *lonesome lover* revenu de tout. Je n'ai jamais été aussi crédible que dans ce rôle-là, tant et si bien que j'ai fini par me convaincre moi-même. J'étais surtout dans la peau du chanteur pâlissant qui, au crépuscule d'une carrière couronnée de succès, accepterait de vivre les dernières années de sa vie dans un relatif anonymat, façon *My Way*. Sauf que moi, je n'ai pas empilé les hits à la Sinatra. *Je suis l'homme d'un seul amour*. Un amour trop bref. Et d'un unique tube, dont les royalties de souvenirs bénis se tarissent peu à peu…

« *Il faut que tu passes à autre chose ! Tu sais, les filles, c'est pas c'qui manque !* » Je ne compte plus les conseils d'amis, subis comme des assauts. Des phrases bateaux qu'on croirait tirées d'un twist yéyé bancal du début des années soixante. Alors, pour m'en protéger, je me suis réfugié dans les chansons — les bonnes. Celles qui consolent. Celles qui font réfléchir. Celles qui offrent des réponses aux questions que l'on se pose. Celles qu'on écoute avec détachement quand on est amoureux, souvent. Et celles qui, quand l'autre ne l'est plus, rendent encore plus triste, toujours.

Parce qu'au fond, une chanson, c'est peut-être le meilleur endroit pour avoir du chagrin.

2. Comme quand j'étais môme

Tout seul dans mon lit,
Depuis que t'es partie,
J'ai peur des fantômes,
Comme quand j'étais môme.

Me voilà revenu des années en arrière, dans l'appartement de mon enfance, là où mon père réside toujours. Le premier réflexe post-rupture, c'est de se blottir au creux de ce(ux) qui nous rassure(nt). Ce soir, retrouver mon paternel me fait du bien, mais ce n'est franchement pas le genre de la maison de se prendre dans les bras. D'autant qu'officiellement, je ne suis là que pour quelques jours, que tout va bien et que Joséphine l'embrasse. « *Une copine l'a emmenée faire une virée surprise à Rome. Elle revient dimanche prochain !* » claironné-je avec l'exaltation démesurée du bonisseur qui voudrait se convaincre de son mensonge.

Vraiment pas de quoi verser dans l'effusion avec le patriarche, donc. Tout réfléchi, les seules accolades que j'ai partagées avec lui, je crois bien que ce fut lors de nos matchs de foot du dimanche pour célébrer un but ; les siens, le plus souvent. Il taquinait le cuir aussi bien que Platini — ils sont nés la même année et se sont d'ailleurs croisés en sélection nationale de jeunes, au crépuscule des années soixante — mais aimait les femmes comme Casanova. À l'image de son coéquipier d'antan, il avait fini par céder au chant des sirènes italiennes. Pas les mêmes, c'est tout. Les siennes se prénommaient Ornella, Isabella, ou Gina — ma mère. Parfois, je me dis que c'est dommage et puis je me ressaisis. S'il avait eu un destin de star du ballon rond, il ne l'aurait pas connue et, par rebond, je ne l'aurais pas connu non plus. Voilà qui apaise mes regrets.

Beaucoup d'enfants entendent leurs parents narrer de prétendus exploits passés — sportifs, amoureux, professionnels — sans vraiment y prêter attention. Un enfant a souvent du mal à concevoir que ses parents aient pu avoir le même âge, la même vie, les mêmes envies. *Je n'imaginais pas les cheveux de ma mère autrement que gris-blanc*, chantait Sardou. Mon père, lui, n'avait pas besoin de conter ses exploits : il me les montrait par l'exemple. Adolescent, j'avais pour habitude d'organiser chaque semaine des parties de foot endiablées auprès d'une dizaine de gamins de mon âge. Mon paternel était des nôtres et il impressionnait les copains autant qu'il me rendait fier. Tandis que Platoche semblait avoir planqué ses ballons d'or sous sa chemise de dirigeant du foot mondial, mon vieux les catapultait toujours au fond des filets. Malheureusement, une grave blessure au genou lui fit perdre l'occasion de jouer avec nous, et moi de le prendre dans mes bras.

Mais ce soir, à l'instant de nos retrouvailles, je dois dire qu'il aurait plutôt tendance à m'agacer. Quand je lui demande où il a rangé mes cassettes, je vois bien qu'il s'interroge pour d'autres raisons. « *Il est en pleine faille spatio-temporelle, ce gosse !* » Lui, c'est sûr, a toujours été beaucoup plus prosaïque concernant les évolutions technologiques. Il fait partie de ces gens qui ont suivi la mode paisiblement sans se rendre compte que, souvent, il la subissait. À vrai dire, quand le vinyle a été remplacé par le disque compact, je suis certain qu'il a trouvé ça franchement pratique. Ainsi, aujourd'hui, il streame.

Quant à moi, c'est ice cream et sweet home. Avec, si ce n'est pas trop demander, mon walkman en solo. Je rêve d'une chanson d'Eddy à fond dans le casque. « *Je crois que tes antiquailles sont dans le grenier…* », m'indique mon papa-connecté d'une voix accablée. Je m'y précipite et cherche une compilation dudit Mitchell. Rapidement, j'arrive à mettre la main sur le premier volume, baptisé *Eddy Rocker.* Des sons qui font bouger la tête, ce n'est pas vraiment le moment, d'autant que je suis plein de larmes en dedans. Par curiosité, quand même, je pivote l'objet entre mes doigts pour en découvrir la liste des chansons, l'identité des auteurs-compositeurs, le nom du label ; tout ce qui — le plus souvent — indiffère les autres et m'a toujours passionné. L'un des titres me saute aux yeux : *Tu ne veux plus de moi,* hillbilly song du début des années quatre-vingt. *J'avais oublié que dans rockeur, on entendait aussi le mot cœur.*

3. Amour amitié

Amour amitié,
Je ne sais pas si par dépit ou par pitié,
Je franchirai cet océan,
Qui va de l'ami à l'amant.

C'était *fin octobre, début novembre.* Hormis le jour précis, je n'ai rien oublié de notre premier tête-à-tête que j'avais fixé dans un restaurant branché de la place des Héros, à Arras. On ne peut pas dire que je faisais honneur à l'appellation de cet endroit chargé d'histoire, puisque je l'avais choisi avant tout pour me rassurer : j'y avais mes habitudes et la sensation, de fait, d'aborder en terres connues. Pas vraiment héroïque, donc. Et pas franchement gentleman non plus. En effet, pour me rejoindre depuis son appartement du Vieux-Lille, Joséphine avait volontiers consenti à parcourir une cinquantaine de kilomètres. De mon côté, je n'avais qu'à emprunter une petite rue pour me retrouver à l'un des angles de cette place, bordée de la galerie de colonnes d'une centaine de façades — mêlant calcaire et briques — d'inspiration flamande, alignées avec constance, et seulement dominée par l'imposant beffroi.

Il était vingt heures et des poussières. J'avais beau être à quelques encablures de notre lieu de rendez-vous et me préparer depuis le milieu de l'après-midi, j'étais quand même en retard. De toute façon, j'aurais pu m'enfermer trois jours entiers dans la salle de bain que le résultat aurait été identique. Jusqu'à la dernière seconde, je me serais débattu avec chacune des mèches de ma tignasse, structurée dans un mouvement savamment décoiffé, afin de donner l'illusion du vite fait bien fait, du je-m'en-foutisme, du tu-pensais-quand-même-pas-que-j'allais-passer-des-heures-devant-le-miroir-pour-ce-rencard ? Et pourtant, en cherchant à contrecarrer pour la énième fois l'épi — imaginaire, sans doute — qui me chagrinait depuis quelques tours de cadrans, j'accusais désormais cinq bonnes minutes de retard...

Joséphine, quant à elle, avait bien deux saisons d'avance. Nous étions en plein cœur de l'automne, mais elle était la parfaite incarnation du printemps. Elle m'attendait là, sous l'arcade qui abritait le restaurant, bien campée sur ses deux jambes fuselées que laissait deviner sa jolie jupe croisée. Je dois dire qu'elle se confondait parfaitement avec la flamboyance de cette place à l'architecture baroque, bien qu'elle fût somme toute plus gracile. Du reste, je crois que c'est précisément son aura déliée qui m'a séduit de prime abord. À l'observer, aucun élément ne semblait avoir de prise sur elle. Ni l'appréhension d'un premier rendez-vous — qui ne figeait pas son sourire enjôleur — ni la météo capricieuse — laquelle, en moins de temps qu'il n'en faut pour le dire, avait eu raison de mon brushing millimétré.

Nous étions entrés dans le restaurant au son de *Comme j'en ai envie* — un obscur morceau de Pierre Vassiliu — qui s'échappait des enceintes et que je pensais être le seul à connaître. À croire que nous étions au moins deux : le patron de l'établissement et moi. J'y avais décelé un signe du destin. Il faut dire que, dans les moments clés de ma vie, j'en vois partout, sans toutefois pouvoir en définir le sens précis. Sauf que là, quand même, c'était du costaud. Combien de gamins de mon âge pouvaient se targuer de connaître le répertoire de cet Astérix de banlieue, moustachu le moins célèbre de la chanson française — niveau pilo-popularité, Vassiliu était quand même loin de Ferrat, Brassens et Cabrel. J'avais hésité à en parler à Joséphine, mais je ne voulais pas prendre le risque qu'elle me réponde — « *Qui c'est celui-là ?* » Peut-être même qu'elle l'aurait confondu avec son presque homonyme, ténor-marketing du début de la décennie — « *Ah, t'es sûr qu'il ne s'appelle pas Amaury ?!* » Je n'étais pas encore prêt à rire de nos quiproquos, pas plus que de ses lacunes musicales. Surtout, je manquais trop d'assurance pour lui révéler cette importante part de moi-même. Alors, je m'étais abstenu.

Au Hit-Parade de la spontanéité, c'est clair qu'il n'y avait pas photo entre Joséphine et moi. Elle s'affichait simplement, s'appuyant sur sa présence naturelle, tandis que je jouais au plus-que-parfait. Tout juste installé à une table haute au beau milieu de la salle — là, j'aurais volontiers sacrifié la musique délicieusement choisie contre un rap mainstream et une place plus discrète —, j'endossais le costume ridicule du guide touristique, cherchant à camoufler mon manque de confiance en louant les attraits du restaurant comme s'il s'agissait d'un site illustre. « *C'est une adresse incontournable de la ville,* m'enthousiasmai-je avec le naturel du gamin qui récite sa poésie en tâchant d'y mettre un semblant d'intention. *Y'a des gens qui se déplacent de toute la région pour dîner ici. Faut dire que ce ne sont que des produits locaux ! Et puis, tu verras, quand tous les clients ont fini de manger, les lumières changent et le resto se transforme en bar lounge. C'est vraiment un endroit original !* » Finalement, n'aurais-je pas mieux fait de lui déclamer la biographie de Vassiliu ?

Aussi étonnant que cela puisse paraître, la jeune femme qui me faisait face ne semblait pas engourdie par tant de banalités. Ses yeux si expressifs lui conféraient un charme auquel je ne parvenais à résister qu'en détournant les miens. Je dois reconnaître qu'au cours de cette entrée en matière, j'avais également dérouté la plupart de ses questions — un jeu curieux dont je me suis fait une spécialité. Combien de soirées ai-je passé à cuisiner mes interlocuteurs, veillant à ne rien dévoiler de personnel sans qu'ils ne s'en aperçoivent ? Il n'y a aucune volonté de manipulation derrière cette drôle de récréation, tout juste un peu de malice. Surtout la conviction que j'ai davantage à apprendre en écoutant les autres plutôt qu'en me racontant.

Le temps avait filé à une vitesse folle. Les lumières s'étaient tamisées et toutes les tables avaient été dressées pour le service du lendemain, sans que je me rende compte de quoi que ce soit. Au bar situé en mezzanine, les attitudes futiles m'indiquaient que *le monde bavardait à rien d'important,* tandis que nous le réinventions depuis des heures. Je me souviens qu'au fil du dîner, j'avais arrêté de jouer à ces jeux idiots qui n'ont jamais amusé personne, pour la simple et bonne raison que je me sentais enfin moi-même — un état peu fréquent — en présence de Joséphine. J'aurais voulu que ça dure encore longtemps, mais le no man's land qui s'était formé autour de nous me rappelait qu'il était l'heure de délivrer le jeune serveur — qui rêvait sans doute de profiter tout autant de son samedi soir en charmante compagnie.

D'ailleurs, au moment de régler l'addition, je n'avais pu m'empêcher de me demander si ce garçon était épanoui dans sa vie affective. Je l'aurais bien interrogé frontalement, mais je craignais que mon accompagnatrice me trouve indélicat, voire complètement fou. J'avais pensé que s'il était désespérément seul — et après l'avoir un peu observé, j'en avais acquis la certitude — ce travail devait représenter une certaine idée de l'enfer. Affronter le bonheur de tous ces couples — qui, j'ai remarqué, n'ont jamais l'air aussi épris l'un de l'autre qu'à une table de restaurant — c'était un job à maudire l'amour et ses disciples. Puis à rentrer chez soi, tout penaud, en écoutant *Un homme heureux.*

4. Mon cœur vinyle

Un blues digital,
Me spleen, me fait mal.
Une chanson laser,
Peut rayer mon cœur.

Joséphine ne connut qu'une facette de Pierre Vassiliu, et sans doute pas la meilleure. Au début de notre relation, je m'étais amusé à lui faire découvrir le visage espiègle — souvent jusqu'à la grivoiserie — de cet artiste qui en possédait au moins mille autres. C'était le Vassiliu de *Qui c'est celui-là,* un des succès de l'année 73, adaptation de *Partido Alto,* un classique samba du brésilien Chico Buarque. Celui qui se distinguait dans le *name-dropping* d'illustres inconnus : Armand, Charlotte, Sophie, Alain, et une Aline visiblement moins fleur bleue que celle implorée par Christophe. Et celui qui, plus récemment, avait fait son retour sur la tournée Âge Tendre, toujours aussi décalé, mais déjà diminué par une sale maladie.

Il eut une drôle de vie ce gars-là. Pas qu'une, au demeurant. Tour à tour aspirant jockey, professeur d'équitation — c'est ainsi que deux de ses élèves, Jean-Marc Thibault et Roger Pierre, lui avaient mis le pied à l'étrier dans le monde de la musique — chansonnier engagé contre les institutions — après un service militaire où, en Algérie, l'armée française l'avait contraint à prendre des photos propagandistes de cadavres locaux — ou encore gérant d'une boîte de jazz à Dakar. Jusqu'au bout, le nonchalant frénétique n'eut de cesse de bourlinguer, d'une musique à une autre comme à travers les continents.

Quant à moi, je suis un voyageur immobile qui ne quitte plus sa chambre. J'ai fermé les persiennes pour que le soleil n'y entre pas — lorsqu'il fait beau, le désespoir est un abîme. Je me calfeutre, me coupe de tout ce qui relie au monde. J'ai même remisé le walkman au grenier. Je n'écoute plus que le rythme d'un cœur qui bradycarde et dont les rares battements n'ont plus de destinataire. Quatre jours sans une note de musique, donc. M'était-ce déjà arrivé ? D'aussi loin que je me souvienne, de ma plus tendre enfance jusqu'à aujourd'hui, cet art — que d'aucuns qualifient injustement de mineur — a toujours eu droit de cité dans mon quotidien. Seulement, aujourd'hui, je me rends compte que je vais devoir réaménager mes playlists. Comment pourrais-je encore réécouter toutes ces chansons que Joséphine a pénétrées de sa présence et qui resteront à jamais imprégnées de nos souvenirs communs ?

Il est vingt-deux heures. Comme tous les soirs, mon père rentre tard du travail. Lorsque j'entends la clé tourner dans la serrure, je bondis hors de mon lit. Je me précipite dans la salle de bain pour me passer un peu d'eau sur le visage et m'apprête à vivre les dix minutes les plus longues de ces journées de rien qui, déjà, me paraissent interminables. Comme je m'efforce de garder la face, il ne se doute pas. À l'observer ces jours-ci, il semble même particulièrement réjoui de ma présence. Ce soir encore, mon père est très bavard et, chez lui, c'est un détail qui ne trompe pas. En effet, quand il babille de tout et de rien — surtout de rien, d'ailleurs — c'est qu'il est heureux. Cette fois, il s'enthousiasme au sujet de cette application « *révolutionnaire* » qui évalue la valeur nutritionnelle de ses provisions. Puis de cette autre qui lui indique le nombre de pas qu'il a parcouru pendant la journée — « *Quinze mille ! Putain, j'ai pas chômé aujourd'hui !* »

Enfin, en bon Indiana Jones du streaming, il me fait part de sa (re)découverte du jour, vestige roots rock — un mélange folk, blues et country — de la fin des années soixante : « *Ce matin, j'ai retrouvé le premier album de Creedence Clearwater Revival ! Ça faisait bien quarante ans que j'avais pas écouté ce truc-là ! Je peux te dire que le son, il est quand même meilleur que sur mon 33 tours de l'époque. Au fait, t'es sûr que tu veux pas essayer Qobuz ? C'est comme Deezer, mais en mieux ! Bon, c'est ton dernier mot ? C'est con, j'avais pris le partage familial...* » Après tout, pourquoi pas ? Quelque chose me dit que je suis encore ici pour un bout de temps, et je sais que je ne pourrai pas me passer indéfiniment de « *mes* » chansons. Alors, va pour l'aventure numérique !

5. Un samedi soir sur la terre

Ils se parlent, ils se frôlent,
Ils savent bien qu'il va falloir qu'ils sortent.
Ils sont obligés de se toucher,
Tellement la musique est forte.

Devant la porte du restaurant, c'était déjà l'heure d'une séparation que j'espérais passagère. Pourtant, avant même que je n'aie osé la moindre suggestion quant à nos retrouvailles, Joséphine m'indiqua qu'aucune soirée de libre ne figurait à son agenda au cours de la semaine à venir. Je lui répondis que moi non plus — et, bien entendu, c'était un mensonge. Je pris soin d'étirer notre au revoir de quelques minutes supplémentaires, puisque désormais tout me laissait croire qu'il s'agissait en fait d'un adieu. Dans ma tête, je photographiais une dernière fois son sourire, son regard et sa beauté tout entière. Puis je lui tendis mes joues en vaincu avant de l'observer disparaître au loin.

Le lendemain matin, après une nuit sans sommeil à repasser le film de notre histoire aussi belle que furtive, alors que je répertoriais toutes les erreurs que j'avais pu commettre, elle m'adressa les mots que je n'attendais plus : *Merci Paul, j'ai passé un très bon moment avec toi ! On se revoit samedi prochain ? Le bureau des étudiants de mon école organise une soirée au Macumba. Ça me ferait plaisir qu'on y aille ensemble !* Une fois renseigné sur cet endroit dont je n'avais pas entendu parler ailleurs que dans la chanson de Jean-Pierre Mader — comme je le craignais, il s'agissait bel et bien d'un night-club —, je me souvins que je n'avais jamais mis les pieds en boîte de nuit. Une seule fois, vers seize ou dix-sept ans, j'avais voulu franchir le pas, mais le physio en avait décidé autrement. Aussi, j'avais pensé que j'étais sans doute le plus mauvais danseur de l'univers, que j'étais atteint d'agoraphobie au dernier stade et qu'aucun copain, même fort éméché, n'était jamais rentré de discothèque en m'annonçant que le disc-jockey avait joué le triple best of de Gérard Lenorman pendant une bonne partie de la nuit. Une fois tous ces éléments remis en mémoire, je m'empressai de répondre à Joséphine qu'évidemment, je serais ravi de l'accompagner à cette soirée.

Le jour J, elle me donna rendez-vous dans le club, à l'étage — j'ignorais que les discothèques étaient agencées sur plusieurs niveaux et quelque chose me disait que je n'étais pas au bout de mes découvertes. Dans la longue file d'attente qui me menait jusqu'à l'entrée, j'eus le temps de réfléchir à la meilleure excuse que je pourrais lui exposer au cas où je serais une nouvelle fois victime d'un videur zélé. J'hésitais entre jouer la carte, plutôt classique, de l'automobiliste malchanceux — « *Y'a un mec qui vient de me rentrer dedans sur la route !* » Celle du noceur indifférent — « *Désolé, je viens de croiser des amis, on va dans la boîte d'en face !* » Ou encore de la bonne pomme qui ne peut pas s'empêcher de venir en aide à son prochain — « *J'accompagne aux urgences un type sacrément amoché qui gisait sur le sol !* » À une bande de jeunes du jugement dernier, j'étais finalement traversé par un certain fatalisme — « *Physio, ça veut bien dire ce que ça veut dire. C'est évident que le type va le voir que c'est pas fait pour moi, les discothèques ! C'est écrit sur mon front que je ne peux m'amuser dans un endroit pareil. Il va me refuser l'entrée, mais il le fera pour mon bien...* » J'avais tout juste terminé de m'en convaincre que l'imposant vigile — il avait un physique à la Mort Shuman, la bonhomie en moins — m'invita sobrement à pénétrer dans ce monde inconnu. Et voilà qu'en l'espace d'une seconde, je me retrouvai dans la Twilight Zone. Intérieurement, je m'exhortais à adopter une attitude la plus naturelle possible ; ce qui, comme c'est toujours le cas lorsque je m'y oblige, avait toutes les chances de produire l'effet inverse, amplifiant ainsi mon air de lapin piégé par les phares d'une voiture de tuning lancée à toute vitesse.

Une mauvaise surprise vint alors aggraver mon malaise. En effet, pour rejoindre l'étage, je devais d'abord fendre la piste bondée, façon Hallyday au Parc des Princes 93. Sauf que moi, je n'avais pas envisagé, et encore moins souhaité, cette entrée en scène à laquelle je n'étais mentalement pas du tout préparé. Du reste, quitte à réaliser une apparition semblable à celles qui ont fait la légende de Johnny, j'aurais préféré surplomber la foule au creux d'une immense main métallique. Pour sûr, cela aurait été plus éblouissant que cette éprouvante traversée au milieu d'une cohue ivre et poisseuse dont je peinais à m'extirper.

Tandis que mon calvaire semblait toucher à sa fin, une autre main — celle-ci de taille humaine, à la fois fine et décidée — m'agrippa le bras. « *T'en as mis du temps !* », s'exclama Joséphine dans un large sourire. Et de poursuivre, en y ajoutant une moue ouvertement moqueuse : « *Porter un col roulé en boîte de nuit ? C'est original !* » Là, alors que j'étais déjà proche du knock-out, elle m'asséna le coup de grâce : « *Tu viens danser ?* » Comme dans un ultime sursaut de condamné, je lui répondis du tac au tac que j'allais plutôt me diriger vers le bar, d'autant que son verre était désespérément vide. Si je devinais une partie de sa commande sur ses lèvres carminées — c'était un Martini —, j'en ignorais néanmoins la couleur. Sur la fin du chemin tortueux qui m'entraînait jusqu'au comptoir, je délibérais en moi-même comme si le sort de l'humanité dépendait de ma décision. Rouge, blanc, rouge, blanc ? Finalement, pour me sortir de cette situation inextricable, je pris les deux.

Pendant que le barman s'affairait, je ne quittai pas Joséphine des yeux. J'eus la curieuse sensation que tous les regards étaient d'ailleurs braqués sur elle — même les flashs des stroboscopes finissaient toujours par s'arrêter pile à l'endroit où elle se trouvait. Elle dégageait un magnétisme dont rien ni personne n'arrivait à se détourner. Un audacieux — plutôt bon danseur de salsa au demeurant — l'aborda dangereusement. Ils échangèrent quelques pas complices, puis le garçon approcha sa bouche de l'oreille de ma promise. Lui avait tout compris de la danse et de la façon de communiquer efficacement en boite de nuit. Je m'en fis un ennemi immédiat.

Le serveur m'apporta les verres et la pensée que je finirais par les boire l'un après l'autre en voyeur solitaire s'insinua dans mon esprit. À la fin du set, Joséphine se dirigea vers moi, suivie de près par son cavalier. Étais-je condamné à subir toutes les étapes de l'humiliation ? J'imaginais déjà cet hidalgo de malheur, m'adressant une tape sur l'épaule pleine de condescendance : « *Vraiment désolé, mon vieux ! La règle numéro un en discothèque, c'est de ne jamais refuser la danse qu'une femme te propose ! Tu n'as pas saisi ta chance et j'ai su en profiter !* » C'est bien connu, *l'amour est voleur les soirs de fête.* « *Je te présente Lucio, mon meilleur ami !* », me lança alors Joséphine. « *Ah ! Rien qu'à te voir danser, je me suis douté que tu étais espagnol !* », m'écriai-je, soudainement envahi par un méli-mélo de soulagement et d'euphorie mal maîtrisé – lorsque ces sentiments m'accaparent, mes paroles manquent cruellement de pertinence. Lucio me signifia qu'en réalité il était colombien, mais ça n'avait plus aucune importance pour moi. Il aurait même pu ajouter qu'il était un membre des FARC que rien n'y aurait changé. Dorénavant, il m'apparaissait comme un être totalement inoffensif.

Dans la foulée de cette hésitante présentation, le gentil guérillero eut la délicatesse de nous laisser à nos Martinis — en l'espace de quelques minutes, mon adversaire était vraiment devenu un allié. Joséphine empoigna le plus clair des deux verres, que j'avais négligemment posés à sa portée, et j'y décelai un nouveau signe du destin. Je saisis l'autre en me faisant la promesse secrète de ne pas grimacer après la première gorgée, n'ayant encore jamais goûté cet alcool : décidément, c'était la nuit des découvertes. Elle s'étira jusqu'à l'aube dans le mélange ininterrompu des Martinis rouges et blancs, que nous consommions indifféremment — *qu'importe le flacon, pourvu qu'on ait l'ivresse* — et qui me faisaient voir la vie en rose. Ayant retenu la leçon que Lucio m'avait donnée sans même le savoir, je lui parlais tout haut dans le creux de l'oreille. Au bout d'un moment, bien aidé par les flashs des projecteurs — même assise au bar, elle captait encore la lumière —, j'aurais pu en dessiner le moindre contour, du lob jusqu'à l'hélix. Je n'aurais jamais imaginé qu'une oreille puisse me séduire autant. De temps à autre, une mèche de ses cheveux, que la danse avait sans doute rendue sauvage, venait me caresser la joue. Joséphine s'échinait à la replacer chaque fois qu'elle s'en apercevait et je lui en voulus presque.

J'avais perdu la notion du temps, mais je devinais quand même qu'il était tard, la piste s'étant considérablement vidée de ses acteurs. C'est alors que retentit un souffle de plus en plus pressant, suivi de quelques notes de claviers qui m'étaient terriblement familières. Puis la sono cracha une nappe de synthé emphatique qui ne laissa plus aucune place au doute. Dans un mouvement de surprise, ma bouche s'éloigna de l'oreille de Joséphine. Je me mis en retrait pour plonger mes yeux incrédules dans les siens. « *Toutes les bonnes choses ont une fin,* m'indiqua-t-elle un peu désolée. Les lacs du Connemara, *c'est le signal qui annonce que la fête est finie !* »

6. Le soldat

Je crois pouvoir le dire,
Nous nous sommes aimés.
Je t'aime une dernière fois.
Je ne suis qu'un soldat.

Sur un petit bout de papier, mon père griffonne les identifiants censés me (re)connecter à toutes les chansons que j'aime. « *Tu vas voir, c'est vraiment génial ! Tu vas retrouver des albums incroyables, dont certains n'ont même jamais été réédités sur disque. Le streaming, je te le dis, c'est l'avenir !* », prophétise-t-il avec tellement d'exaltation que j'en suis à me demander s'il ne s'agit pas d'une technologie qu'il vient tout juste d'inventer lui-même. Bon gré mal gré, je rallume donc mon smartphone, après quatre jours loin de tout sentiment numérique. Je revisite un outil que j'aurais préféré oublier, tant chaque notification présente désormais un danger latent pour mon cerveau fragile. Avec une infinie précaution, je les balaie quand même de haut en bas, bercé par l'illusion — déçue — d'y voir s'afficher son prénom, cerclé par des dizaines de pictogrammes qui n'avaient de sens que pour nous : une mangue, un lion, une oreille ou encore un homme à barbe.

Finalement, je n'y trouve que le texto d'un couple d'amis communs souhaitant nous inviter à dîner — face à mon silence, je me figure qu'ils l'ont aussi envoyé à Joséphine, et je me demande ce qu'elle leur a répondu —, le message vocal de ma mère me questionnant sur son séjour imaginaire à Rome — « *Elle rentre demain, c'est ça ? C'est toi qui la récupères à l'aéroport ?* » — et le rappel du téléphone intelligent, mais définitivement sans âme, m'indiquant un anniversaire souvenir au sein de ma photothèque. C'était il y a trois ans jour pour jour. J'avais pris ce cliché après une douce journée à flâner dans les rues du Vieux-Lille, suite à quoi Joséphine m'avait invité à dîner dans son appartement pour la toute première fois : « *Je n'ai pas grand-chose dans le frigo, mais je vais bien me débrouiller !* » Ce pas grand-chose s'était transformé en festin, et j'avais tenu à l'immortaliser.

Dès lors, je n'étais plus jamais reparti. Pour elle, depuis mon vinyle initial déposé sur l'étagère — *Somnambules*, le dernier album de Raphaël dont j'avais fait l'acquisition au cours de l'après-midi —, ce cocon était devenu le nôtre. Et, d'une certaine façon, je crois que cette volonté instantanée de tout partager avait achevé de me séduire. Une dizaine de jours plus tard, nous avions croisé l'une de ses amies d'enfance, qu'elle revoyait de loin en loin, dans un café du quartier où nous avions déjà nos habitudes. « *Tu n'es encore jamais venue chez nous ?* », lui avait demandé Joséphine spontanément. J'en fus bouleversé. J'ai toujours pensé que l'amour s'éprouvait surtout dans les détails, les petits riens qui disent tout, les futilités cruciales et toutes les minuscules péripéties de la vie quotidienne. Comme cette mauvaise chute de trottinette, ces deux points de suture posés sous le menton tandis que je lui tenais la main, et un pansement pas franchement discret qui lui valut le surnom de Barbichette le temps de la cicatrisation — j'adorais l'affubler de sobriquets plus idiots les uns que les autres. D'où le pictogramme du barbu accolé à son nom dans mon répertoire.

À bien y réfléchir, j'ai passé ma vie à m'imprégner de ce que d'aucuns considéraient comme des insignifiances, quitte à en oublier les fondamentaux. Ainsi, je n'ai pas retenu grand-chose de la Première Guerre mondiale ; ni les dates ni les lieux des traités qui ont changé le cours de l'Histoire. En revanche, j'avais été marqué de découvrir qu'au cœur de ces années sombres, les gens continuaient à vivre plus ou moins normalement, allant même jusqu'à partir en vacances. Je me souviens de la visite d'un musée, en classe de CM1. Pendant que l'instituteur nous étourdissait d'éléments témoignant de l'horreur de cette période, mon regard s'était posé sur un instantané photo montrant une famille, en apparence heureuse, sur une plage de la Côte d'Opale. La mère jouait aux raquettes avec l'aîné, alors que le père s'attelait à la construction d'un château de sable sous l'œil du plus jeune des deux rejetons. Si ce cliché avait été exposé ailleurs, jamais je n'aurais pu croire qu'il était daté du mois de juillet 1916. Au même moment, à une centaine de kilomètres de ce doux lieu de villégiature, la bataille de la Somme — la plus sanglante de toutes, avec quatre cent mille morts ou disparus — faisait rage.

Alors, comment ce couple encore juvénile — ils avaient trente-cinq ans tout au plus — pouvait-il afficher une telle légèreté en pareilles circonstances, tandis que le pays était embourbé depuis deux ans dans cette première des dernières guerres — qui avait déjà emporté près d'un million de jeunes soldats français ? Parmi les victimes, cette famille insouciante comptait forcément un ami, un cousin, peut-être même un frère. Du haut de mes dix ans, j'étais stupéfait par ces scènes de bonheur ordinaire. Et aujourd'hui, presque deux décennies après la visite du musée, cette photo me revient en mémoire. Un vestige du passé qui me questionne toujours, mais différemment — puisque désormais, tout me ramène inlassablement à mon chagrin.

Dirigé par ce nombrilisme sordide, je m'interroge encore et encore. Vraiment, comment ces gens pouvaient-ils avoir envie de partir en vacances, alors que je n'ai même pas la force de sortir de mon lit ? Voilà près d'une semaine que je suis terré dans cette chambre, une tranchée dans laquelle je suis désespérément seul, pétrifié à l'idée d'avoir perdu la femme que j'aime. Je tente de me barricader pour me protéger du monde et des hostilités que Joséphine et moi avions promis de ne pas nous lancer. Avant de nous quitter, je lui en ai fait le serment. *La guerre de toi n'aura pas eu lieu.*

7. Les aveux

Je suis fatigué d'être celui-là.
Je n'ai plus la force de tricher,
Un jour de plus avec toi.

Je ne pouvais plus continuer à lui cacher. Si je me montrais intarissable sur les choses humaines, si nous pouvions débattre pendant des heures entières de nos conceptions — diamétralement opposées — des vacances, et si je faisais plus que donner le change quand elle s'enthousiasmait pour ses passions, je ne disais pourtant rien de celle qui me dévorait. En effet, depuis le début de cette *divine idylle,* je n'avais encore jamais osé évoquer le sujet. Ce n'est pas que j'en avais honte ; depuis toujours, je l'assumais sans sourciller. Parfois même avec un rien de provocation. « *T'auras de la peine quand ils vont tous mourir, tes vieux chanteurs !* », m'avait lancé un idiot qui partageait ma classe en terminale. « *Plus que lorsque ça sera ton tour, c'est clair !* » lui avais-je répondu sur le même ton, sans chercher à élever le niveau du débat. *C'est fou ce qu'il y a comme cons qui deviennent bacheliers...*

En fait, j'essayais juste de masquer cette obsession le plus possible. Une façon de préserver Joséphine autant que faire se peut d'une monomanie qui finirait bien par vampiriser nos conversations, notre temps et notre espace — les vinyles, ça prend de la place. J'avais quand même égaré quelques indices en route, mais rien qui ne lui avait mis la puce à l'oreille : ni l'album *Comme vous* de Michel Delpech emballé dans la boîte à gants de ma voiture — peut-être pensait-elle que je voulais l'offrir à quelqu'un —, ni l'identité des stations préenregistrées sur mon autoradio — il faut dire qu'en sa présence, je me branchais toujours sur RTL ou Europe 1 —, ni même l'acquisition de l'album de Raphaël — considéré comme un artiste plutôt *hype,* celui-ci constituait de toute façon une fausse piste.

Je décidai de passer aux aveux en marge de l'avant-première du *Livre de la jungle,* inscrit dans la liste des films qu'elle souhaitait voir absolument. Le remake du long-métrage d'animation tiré d'un roman de Kipling ne sortait que dans quelques semaines, mais puisque le cinéma UGC de la banlieue lilloise proposait une séance anticipée, j'étais heureux de lui faire cette surprise. Elle en fut d'autant plus étonnée que, quelques jours plus tôt, je lui avais révélé que je n'étais pas très fan de l'univers créé par le père Walt — à ses yeux, cela faisait presque de moi un criminel. Une fois installés sur une rangée qui ne comptait que deux fauteuils — dans l'obscurité d'une salle de cinéma, mon sentiment d'agoraphobie se trouve décuplé — à l'extrémité gauche de la salle, Joséphine me remercia avec une ardeur qui me donna confiance en tout. Je ne me méfiais plus de rien, même pas de Kaa, le serpent sournois qui allait bientôt apparaître à l'écran. Toutefois, parmi tous les animaux peuplant cette jungle luxuriante, celui que j'attendais particulièrement était le Roi Louie ; singe massif, tantôt charmant, festif et sympathique, tantôt impatient, tyrannique et malveillant. Une montagne de paradoxes qui, à mon sens, le rendait fondamentalement intéressant. On ne savait pas s'il avait sa place dans le camp des gentils ou dans celui des méchants, ce qui tranchait avec le manichéisme habituel des personnages de Disney. Pendant les quinze minutes de bandes-annonces — à vrai dire, c'était surtout des publicités, les mêmes qu'à la télé —, j'avais monologué sur le sujet comme on donne un cours magistral. Avant même qu'il ne débute, elle connaissait mon avis détaillé sur le film que nous étions venus voir. Après tout, ce n'était rien d'autre qu'une version restaurée…

Ce que Joséphine ignorait, en revanche, c'est qu'en assistant à cette séance, je m'accordais aussi un plaisir purement égoïste, puisque pour incarner Louie, les producteurs français avaient eu la riche idée de faire appel au *king* du rock'n'roll, Sa Majesté Eddy Mitchell. Une voix monumentale, qui collait bien avec la puissance physique de l'orang-outang. Juste après la dernière scène, alors que le rideau sur l'écran n'était pas encore tombé, ma charmante voisine commença à rassembler ses affaires. Je lui pris la main avec une fermeté qui l'incita à rester assise. Elle se tourna vers moi d'un air étonné et je répondis d'un simple signe de tête que je tenais à visionner le générique, sans même quitter la toile du regard. Tandis que les noms de l'équipe technique défilaient à l'image, la reprise d'*Un homme comme vous* swinguait dans les enceintes, honorablement endurcie par le timbre rauque de M'sieur Eddy. Avec Joséphine, nous n'avions déjà plus besoin de mots pour nous comprendre, mais certaines attitudes méritaient quand même une petite explication de texte. « *Rester jusqu'au bout de la projection, c'est bien un truc de cinéphile !* », avança-t-elle une fois les lumières rallumées. « *J'aime savoir qui a participé à ce que je viens de regarder. C'est comme pour les disques que j'écoute…* », me justifiai-je avec une certaine mauvaise foi – à dire vrai, je me fichais éperdument du nom du chef opérateur d'un film, alors que connaître l'identité de l'ingénieur du son de n'importe quel album de variété française avait toujours été pour moi une information capitale.

C'était ma façon de la préparer à l'annonce qui allait suivre. Pour ce faire, je lui proposai de prolonger la soirée dans un petit restaurant italien, attenant à l'UGC. Après que nous avions été installés, je lui exposai mon point de vue sur le film — au fond, je ne fis que répéter ce que je lui avais déjà dit deux heures plus tôt — et j'attendis que le serveur vienne prendre la commande avant de cracher le morceau. Ainsi, j'étais certain de bénéficier d'un laps de temps suffisant pour m'exprimer, sans risque d'être interrompu. « *Ça fait un moment que je veux te dire quelque chose...* », démarrai-je avec la gravité de celui qui va annoncer avoir une maladie incurable, révéler une tromperie, ou les deux à la suite – est-ce qu'une femme oserait provoquer un esclandre public en apprenant l'adultère de son conjoint, en sachant qu'il ne lui reste que quelques semaines à vivre ? « *Je t'écoute* », répondit Joséphine avec un air inquiet que je ne lui avais jamais connu jusqu'ici. « *Voilà, j'ai une grande passion, qui prend beaucoup de place dans ma vie, dont je n'ai pas encore osé te parler...* »

8. Loin d'ici

J'voudrais l'empêcher,
De s'en aller,
Et lui crier,
Je t'aime, je t'aime.

Amont, Bachelet, Cabrel. Par ordre alphabétique, je m'évertue à reconstituer la version numérique de ma discothèque. Une tâche mécanique que j'exécute sans une once d'exaltation. La chaleur de mes vinyles me manque. Moins que celle de sa peau collée contre la mienne, certes, mais je ressens aussi cette absence-là. Je repense à cette récréation enfantine, absurde, voire carrément morbide, à laquelle nous jouions souvent. « *Ton père et ta mère sont tout en haut d'une falaise. Tu ne peux en sauver qu'un des deux. Tu choisis qui ?* » À cet instant, j'imagine Joséphine d'un côté et ma collection de disques de l'autre. Deux sommes d'amour au bord du précipice. Cette vision grotesque me tourmente quand même suffisamment pour que je prenne la décision résolue de me sacrifier, sans pour autant que l'on puisse y voir un acte de bravoure. C'est même tout le contraire. Rien que de la lâcheté face à un amour qui s'est échappé. Une démission devant la perspective d'une existence sans issue. Imaginer la vie en l'absence de Joséphine me procure un sentiment de vertige plus puissant que n'importe quel gouffre sous mes pieds. Un abysse trop profond pour que j'entretienne l'espoir de remonter à la surface un jour. Alors, à quoi bon me débattre ? Pourquoi résister à l'appel du grand saut ? J'espère qu'au moins elle prendra soin de mes vinyles...

En parcourant l'application de streaming, je m'aperçois que mon père avait bien exagéré quant à son pouvoir exhaustif. Mine de rien, il manque pas mal de choses : des enregistrements live de Sardou, l'intégralité du répertoire de Jean-Jacques Goldman, et *Oubliez tout ce que je vous ai dit*, album ignoré — sacrifié, même — de la carrière de Michel Delpech. À l'époque, il faut dire que Delpech *is not really* Delpech. En 86, année de sortie du disque, il avait perdu son statut d'artiste dominant, acquis tout au long de la décennie précédente. Près de dix ans qu'il n'était plus apparu dans les premières places du Hit-Parade. Même son sourire n'avait plus tout à fait l'éclat d'avant. Tiens, je me demande quand j'ai souri pour la dernière fois...

Delpech avait égaré ce qui était jadis son atout majeur, la faute à une longue maladie qui le guettait, tapie dans l'ombre depuis la funeste soirée d'Agadir au cœur des années soixante-dix. Une rupture brutale, inattendue et inexpliquée, provoquée par son épouse lors d'un séjour sur la côte marocaine. « *Un choc terrifiant, d'une violence inouïe*, confiera-t-il des années plus tard. *Elle me signifie que je ne suis rien d'autre qu'un type qu'on peut planter là et remplacer dans la minute. Je suis démoli. Littéralement. D'un seul coup, je prends conscience que je ne suis pas celui qu'on croit. Celui que je crois. Je ne suis rien, sinon un homme mort.* » Il n'y a pas que dans les chansons que je suis saisi par de sombres résonances, funestes échos à ma pauvre vie...

Pendant quelque temps, Delpech avait tenu bon. Et puis, l'inéluctable dépression l'avait soudainement rattrapé, comme le diable sort de sa boîte, lors de l'enregistrement de ce qui allait devenir son dernier succès populaire : *Le Loir-et-Cher*. Au début de l'été 77, le prince charmant de la chanson française entre en studio pour donner vie à ce texte autobiographique, censé compléter sa collection de tubes. Depuis 1969, il les a empilés avec la cadence d'un métronome — presque un par an : *Wight is Wight, Que Marianne était jolie, Les divorcés, Le chasseur,* ou encore *Quand j'étais chanteur*. Prisonnier de cette spirale du succès, il ira jusqu'à dire : « *Si je suis deuxième, on va penser que je baisse !* » Pour enregistrer *Le Loir-et-Cher*, Delpech passe plus d'une semaine derrière le micro, le plus souvent prostré au sol, incapable de trouver l'énergie nécessaire pour suivre la mélodie composée par Michel Pelay, pathétique au point de ne plus oser ouvrir la bouche devant ses producteurs. Le huitième jour, en désespoir de cause, un praticien débarque dans la cabine pour administrer par intraveineuse un mystérieux liquide au chanteur. Miracle de la science, Delpech se redresse net puis boucle la chanson en une prise. Peut-être devrais-je moi aussi appeler un médecin ? *Docteur, sauvez-moi du blues !*

Par la suite, d'autres mirages accentuent les névroses de l'artiste : alcool, cocaïne, spiritisme, retraites monacales, voyance, cure d'anxiolytiques, et j'en passe. Une longue agonie qui s'étire jusqu'au mois de juillet 1980. Comme un défi contre lui-même, Delpech accepte alors la tournée d'été que lui propose Europe 1. Les premiers soirs, devant plusieurs milliers de personnes, il aligne les chansons tel un automate qui ne s'anime que grâce au tour de clé qu'on lui donne juste avant de monter sur scène. Comme un poulet décapité qui continue de cavaler sur quelques mètres, avant de s'écrouler pour de bon. *La course du voyageur* aliéné — « *J'avais le sentiment d'être condamné à la damnation* » — prend fin à Perros-Guirec, dans un climat d'effroi. Après le gala, Delpech s'évanouit dans sa loge. À son réveil, il veut en finir. In extremis, il est sauvé par Piou, son homme de confiance, qui décide de l'hospitaliser sur-le-champ à la clinique de Saint-Brieuc. Après quelques jours de repos, un médecin livre son verdict, implacable : « *Vous n'êtes plus apte à vivre normalement. Si vous ne voulez pas continuer à souffrir toute votre existence, nous devons envisager une lobotomie.* » Eurêka ! Une lobotomie, voilà ce dont j'ai besoin !

Finalement, sans se soumettre à cette opération chirurgicale de l'extrême, Delpech est revenu à lui au fil d'un long chemin où chaque petit pas accompli, chaque sourire esquissé, chaque note murmurée constituaient une victoire. D'une part, il a retrouvé l'amour. De l'autre, de bonnes chansons qui, quant à elles, ne rencontraient plus vraiment leur public. Des 45 tours isolés — évidemment, introuvables en streaming, papa ! — qui témoignent d'une carrière moins calibrée pour le succès, mais d'une envie redevenue intacte. Au milieu de ces morceaux, certains comptent parmi mes préférés : *Docker, Club vidéo,* ou *Rock en URSS* — même si les paroles ne m'évoquent rien de très précis, la structure mélodique de cette chanson m'a toujours bouleversé. Et, évidemment, je le suis encore davantage aujourd'hui...

La suite, c'est donc *Oubliez tout ce que je vous ai dit,* premier recueil de chansons originales après onze années à vide, et dont la chanson-titre évoque le nouvel amour de Delpech. Pour me combler, Joséphine avait cherché cet album — un trésor de collectionneur — sans relâche. Pendant plusieurs mois, elle avait écumé les conventions de disques, chiné dans les marchés aux puces, exploré tous les disquaires indépendants, de Lille à Toulouse, en passant par Paris. Sans succès. Plus j'y pense et plus je me dis qu'elle n'a pas pu consentir tous ces efforts pour rien. Non, ce n'est pas possible qu'elle m'ait quitté avant d'avoir trouvé mon Graal. Si elle a voulu prendre du recul, c'est sûrement pour y voir plus clair dans ses recherches. Il ne peut en être autrement…

Delpech a lui aussi sombré dans la folie, avant d'acquérir une certaine sagesse les années passant. Subsistait l'obsession, quand même, de redevenir numéro un dans le cœur du public. Après d'autres 45 tours égarés au crépuscule des années quatre-vingt — *Ces mots-là, Pleurer le chanteur, J'étais un ange* —, la carrière discographique de l'artiste reprit un cours plus stable, suivant le sillon de son équilibre psychique retrouvé. Cornaqué par Tréma, premier label indépendant du pays, sous la direction de Régis Talar et Jacques Revaux, il publiait de nouveaux opus audacieux, sans jamais se rapprocher des sommets tant désirés. Il y parviendra finalement avec un album de duos exhumant ses tubes d'antan, comme on retrouve un amour de printemps, à la fois le plus puissant et le plus absolu. Alors l'espoir me revient. Peu importe le temps que ça prendra, moi aussi, je retrouverai cet amour.

Souchon, Thiéfaine, Vassiliu. Tandis que je viens à bout de ma discothèque numérique, le prénom de Joséphine s'affiche en haut de l'écran. Je découvre un message laconique. *J'ai pris la décision de m'en aller, définitivement. Je m'envole pour l'Italie le mois prochain.* Le téléphone m'échappe des mains. *Elle part. Loin d'ici. Loin de ma vie.*

9. Tu m'as changé

Tu m'as changé,
Désormais ma vie chantée.
Tu m'as changé,
Je n'peux même plus me rappeler,
Oh ! Qui j'étais.

J'avais vécu ma confession comme un soulagement, presque une délivrance. De son côté, elle reçut la nouvelle avec ce sourire qui me désarmait à chaque fois que je me montrais trop dramatiquement solennel — ou solennellement dramatique. De réminiscences en images, la mémoire lui revint : « *C'était donc ça, la tête que tu faisais en boîte de nuit quand ils ont passé* Les lacs du Connemara ! *Ajouté au col roulé épais que tu portais et à ton refus catégorique de m'accompagner sur la piste de danse, j'en étais surtout venue à me demander si tu avais déjà mis les pieds dans une discothèque !* » J'avais décidé de ne pas relever ses observations, m'estimant incapable de livrer un deuxième aveu pour ce soir.

À la place, j'entrepris ma biographie de passionné de musique populaire — dorénavant, j'étais à l'aise avec ce statut de conférencier en tout. Dans ses yeux menthe à l'eau qui ne mentaient jamais, je distinguais une vraie curiosité, malgré le fatras d'informations dont je la submergeais. La plupart étaient franchement superflues, mais Joséphine semblait se faire à l'idée que je disposais d'un esprit brouillon, qui ouvrait parenthèse sur parenthèse, en oubliant le plus souvent de les refermer : « *Pierre Papadiamandis, il compose pour Eddy Mitchell depuis plus de cinquante ans, t'imagines ? Au départ, il était seulement le pianiste de son orchestre. Pas avec les Chaussettes Noires, mais juste après. D'ailleurs, tu sais pourquoi ils avaient ce nom-là. Parce que leur producteur, Eddie Barclay, était également propriétaire de La Lainière de Roubaix, qui fabriquait les chaussettes de la marque Stemm ! Incroyable, non ? Quant à Papadiamandis, il ne pouvait pas jouer avec eux à ce moment-là, pour la simple et bonne raison que le groupe était seulement composé d'une section rythmique : deux guitares, une basse, une batterie, et basta. Ceci dit, fin 1962, un saxophoniste a intégré la formation : le grand Michel Gaucher. Il joue toujours avec Eddy, lui aussi, tu te rends compte ? Avant ça, Gaucher — qui par ailleurs est droitier, mais là n'est pas la question — faisait partie des Champions, un groupe instrumental auquel venait se greffer de jeunes chanteurs tels que Vince Taylor, Danyel Gérard — un drôle de type qui est persuadé d'avoir inventé le rock'n'roll en France — ou encore Jean-Louis Licart, l'ex-leader des Pirates. Eux, c'étaient les rivaux des Chats Sauvages, la bande de Dick Rivers. Ils avaient tous de ces noms, à l'époque ! Bon, pour en revenir à Papadiamandis...* »

Sur la route du retour, puisqu'enfin libéré d'un secret devenu trop lourd à porter, j'assumai aussi mes préférences radiophoniques. « *Ah ! J'adore cette musique !* », s'exclama Joséphine aux premières notes d'un titre diffusé sur Nostalgie. « *Ce n'est pas une musique, c'est une chanson,* l'avais-je repris aussi sec, définitivement à mon affaire. *La musique, à l'instar des paroles, n'est qu'une composante de la chanson !* » Elle me jeta le même regard que celui qu'elle m'avait déjà lancé pendant le dîner lorsque j'avais utilisé l'expression tour de chant pour parler d'un concert de Charles Aznavour, ou lorsque j'avais employé l'appellation chanteur fantaisiste pour évoquer Marcel Amont. Comme les fables ont leur morale, chacune des œillades de ma promise avait sa signification, et je commençais à les connaître par cœur. Du reste, chanteur fantaisiste était une dénomination qui seyait tout autant à John Scatman, l'artiste dont le morceau venait de capter l'attention de Joséphine. D'instinct, j'avais pensé que la programmation de Nostalgie s'était sacrément modernisée. Puis je réalisai que cette musique — tout bien réfléchi, je ne pouvais pas considérer qu'un titre basé essentiellement sur des onomatopées était une chanson — avait au moins vingt ans.

Je garde un souvenir très précis de la première fois que j'ai vu Scatman, de son vrai nom John Paul Larkin, à la télévision. C'était un samedi soir et je devais avoir six ou sept ans. Je me rappelle qu'il avait un look de maître d'école en préretraite — costume rayé trop ample et cravate de rigueur — auquel la moustache broussailleuse et les lunettes ajustées à la pointe du nez conféraient cette autorité qui n'a de prise que sur les enfants en cours élémentaire. D'ailleurs, en le voyant, j'avais immédiatement pensé à Monsieur Saulty, l'instituteur de la classe de CE1 que je fréquentais alors. Leur ressemblance était frappante, et ce jusqu'aux motifs de leurs costumes respectifs. À la différence près que celui du professeur — le vrai — paraissait plus étriqué. Il faut dire que Monsieur Saulty était un homme rondouillard ; rien que de plus normal, tant il raffolait des pâtisseries.

Ma mère, très impliquée dans la vie de l'établissement, était notamment préposée à la confection des gâteaux d'anniversaire. Depuis la rentrée, nous les avions tous fêtés, sans exception. Même quand ils tombaient un dimanche ou pendant les vacances scolaires, Monsieur Saulty mettait un point d'honneur à les célébrer, avec quelques jours d'avance ou de retard. Au sein de notre école qui comportait deux classes par section, cette particularité participait à sa légende. « *Tu es dans la classe de Monsieur Saulty ?! La chance, il paraît qu'il fête les anniversaires de tous ses élèves, même ceux qui sont passés en CE2 !* » Les mauvaises langues ajoutaient qu'il ne faisait ça que pour manger des gâteaux. Le plus souvent, c'étaient des mioches turbulents qu'il punissait de temps à autre, mais dont il tenait quand même à fêter le jour de la naissance — preuve que c'était un homme juste, ou alors vraiment très gourmand. Je me rappelle que pour le premier anniversaire de l'année qui n'était autre que le mien, maman — elle voulait toujours bien faire, quitte à trop en faire — avait préparé des gâteaux plus que de raison. Qu'à cela ne tienne, Monsieur Saulty en avait englouti une bonne partie, jusqu'au dernier. « *Faut pas gâcher !* », avait-il bredouillé avec difficulté, mangeant ses mots en même temps que les restes qu'il avait amassés devant lui. Il s'empiffrait avec une telle frénésie que sa moustache finissait toujours par être pleine de miettes. C'étaient les seuls moments où il perdait un peu de son autorité.

Celle de Scatman s'était envolée dès ses premiers mots, en réponse à l'introduction enjouée de l'animateur du programme de variétés. « *Nous sommes très heureux de vous recevoir ! Votre single est déjà disque d'or, mais c'est la première fois que vous apparaissez à la télévision dans notre pays ! Avant d'interpréter ce tube qu'on entend sur toutes les ondes, souhaitez-vous saluer le public français qui vous découvre ce soir ?* » L'artiste, visiblement surpris d'avoir la parole, avait balbutié quelques mots, s'y reprenant à plusieurs fois : « *Bon-bon-bon-bon-jour Pa-pa-ris ! Je-je-je suis très con-con-con-con-content d'être là !* » Pourtant, Scatman ne semblait pas en train de parler la bouche pleine de tarte au sucre. En réalité, il était bègue depuis son plus jeune âge ; un handicap dont il n'avait jamais réussi à se débarrasser. Il avait découvert très tôt l'art du scat, une forme de jazz popularisée par Ella Fitzgerald et Louis Armstrong durant l'entre-deux-guerres, sans jamais oser s'y essayer publiquement — justement, par crainte que l'auditoire ne se rende compte de son bégaiement naturel. Suite à de nombreux échecs professionnels, sa femme lui avait conseillé d'en faire une chanson, comme un moyen de vaincre le mal par le mal. Il avait accepté, surtout convaincu par l'idée de partager son expérience avec de jeunes auditeurs touchés par ce trouble. C'est ainsi qu'à cinquante ans révolus, il était devenu une star internationale.

Après la pénible et dispensable interview, il s'était posté derrière le synthétiseur et son attitude, enfin en phase avec le statut de vedette qu'il venait d'acquérir, avait changé du tout au tout. Soudainement, ce petit bonhomme chétif — sans doute n'aimait-il pas les gâteaux — était devenu une montagne d'assurance, doté d'un charisme rare. Dès lors, le bégaiement, qu'il maîtrisait à la perfection, constituait son plus grand atout. Dans ces conditions, Scatman offrait la meilleure version de lui-même. Et moi, bien des années plus tard, sur cette nationale déserte, au volant d'une voiture branchée sur Nostalgie, ma main dans la main de Joséphine, j'avais aussi la sensation d'atteindre mon firmament. *Ski Ba Bop Ba Dop Bop !*

10. Le jeu de la folie

En traînant mon cadavre et mon vide pathétique,
Et ma douleur femelle sur mon dos de bossu.
Le jeu de la folie est un sport de l'extrême,
Qui se pratique souvent au bord des précipices.

J'ai souvent considéré l'existence humaine par le prisme des jauges de vie, à l'instar de celles qui font loi dans les jeux vidéo. Pour chaque composante de notre personnalité, j'imagine que nous disposons d'un capital, plus ou moins entamé en fonction des événements que nous vivons ; des joies que nous rencontrons aux drames que nous traversons. Dans le monde virtuel, la jauge baisse lorsque le personnage est blessé, mais elle peut aussi remonter en flèche grâce à une substance artificielle trouvée sur le parcours. Une fois ce capital épuisé, l'entité est considérée comme morte. À cet instant, le jeu vous permet de recommencer à zéro, voire de redémarrer au point de la dernière sauvegarde — soit juste avant que vos mauvais choix ne vous entraînent vers la fin de partie. Un game over provisoire, donc.

Malheureusement, dans la vraie vie, impossible de revenir en arrière. Et je crois même que lorsque notre capital est entamé, ce déficit a quelque chose d'irréversible. Prenez Michel

Delpech ; après sa lourde dépression, il n'a jamais retrouvé ce côté solaire qui plaisait tant au public. Herbert Léonard, lui, n'a jamais récupéré ses pleines capacités vocales suite à l'embolie pulmonaire qui le plongea dans le coma pendant trente-deux jours. Quant à Patrick Bruel, depuis les accusations d'agressions sexuelles dont il a été la cible, il n'apparaît plus comme le chanteur souriant, doux et romantique qu'il était jusqu'alors aux yeux du grand public.

Me concernant, depuis le dernier message de Joséphine, toutes mes jauges ont dégénéré pour atteindre un niveau critique. J'ai oublié mes rêves, égaré *l'envie d'avoir envie.* J'ai tout perdu, jusqu'à la notion du temps. Dans mon cerveau malade, les minutes sont des heures, les heures des jours, et les jours des années. Je mène la plupart de cette vie (inter)minable calfeutré dans ma chambre, au dernier étage d'un immeuble avec vue sur la mort. Je crois en sortir chaque année pour passer une tête dans la salle de bains. Et comme je n'ai pas encore la barbe de Maxime Le Forestier à l'époque où il a écrit *Parachutiste,* je me dis qu'en réalité ça doit faire moins de temps que ça. Face au miroir, je dévisage une mine triste comme une chanson de Reggiani. Dans l'œil, on ne distingue plus rien. Cette vision m'évoque la souffrance que je ressens à voir vieillir les chanteurs que j'aime. Ce qui me chagrine le plus, ce n'est pas que leur voix ne soit plus aussi éclatante qu'au zénith de leur carrière, que leur pas soit désormais un peu hésitant, ou que leur mémoire puisse leur jouer des tours. Non, ce qui me bouleverse, c'est que le temps ait pu charrier leur regard. Sur scène, ils sont toujours debout. Mais dans leurs yeux vides de toute lueur, le spectacle ressemble désormais à une java sans joie.

Après avoir pris des nouvelles de ce sinistre *étranger dans la glace,* je retourne me coucher aussitôt. Sauf que je ne dors pas, ou si peu. À mon corps défendant, j'expérimente le sommeil polyphasique, celui des marins qui accomplissent de longs voyages en solitaire. Esclaves de mes éléments déchaînés, ces îlots de narcoses me délassent à peine. Cela tangue en moi et j'ai le mal de vivre. Je vogue entre cauchemars — tour à tour, j'y vois Joséphine s'éloigner, sauter d'une falaise, ou brûler mes vinyles — et rêves, dans lesquels elle est toujours à mes côtés. Au réveil, elle a disparu. Alors le cauchemar reprend.

Les premiers jours, j'imaginais que cette rupture brutale agirait comme une guillotine. En fait, c'est comme une entaille devenue plaie béante sous l'effet d'une lame mal aiguisée. Conséquence de cette chair qui brûle et ne suture pas, mes points de vie s'évaporent peu à peu, dans un interminable chemin de douleur. Incapable de tuer ce temps assassin, je regarde mes *photos-souvenirs* telle une loque cafardeuse — et j'en vois trop d'elle, évidemment. *Je suis fatigué de sourire, fatigué de pleurer.* J'ai l'impression d'être animé dans l'écran de mon téléphone, mais inerte en dehors. Un mort-vivant.

Tiens, et si j'écoutais *Un homme heureux* ?

11. Ce n'est qu'un jeu

Aimer, se faire aimer, jouer avec le feu.
Ce n'est qu'un jeu, un jeu, un jeu.
De l'amour, du hasard, c'est un jeu dangereux.

L'amour physique n'étant pas sans issue, tous nos matins commençaient par des ébats, qui nous conduisaient vers d'autres, et parfois d'autres encore, jusqu'à ce que nos corps épuisés, mais ravis ne mettent le clignotant. Puis, comme une façon de reprendre nos esprits et un semblant de repères après ces étreintes que nous réinventions au point d'en être étourdis, nous retrouvions chacun notre côté du lit dans une position immuable. Elle était sur le dos, moi aussi. Ma main droite se posait délicatement contre un pan de sa peau, au contour de son corps nu ; ce corps qui s'apparentait à un album dont j'aurais voulu qu'il ne s'achève jamais. Chaque extrait était un chef-d'œuvre que je prenais plaisir à redécouvrir encore et encore, inlassablement — au même titre que pour une chanson, ne pas se lasser d'un corps que l'on rencontre au quotidien est rarissime, et donc tout à fait précieux. Après l'amour, le temps semblait suspendu. Il y avait d'abord un puissant silence dont je n'arrivais pas à mesurer la durée, avant que nous reprenions souvent un jeu différent — sans fin et, disons, plus cérébral. À tour de rôle, l'un de nous posait une question légère, sans réel enjeu, mais à laquelle l'autre devait répondre le plus sérieusement du monde.

Ce matin-là, c'était à Joséphine de m'interroger. Elle me demanda de recenser mes dix artistes préférés, sans ordre de prédilection. Nul n'étant tenu à l'impossible, j'avais suggéré que cet inventaire soit élargi à vingt noms, ce qu'elle accepta. Immanquablement, j'énumérai une liste longue comme un jour sans pain, émaillée d'un commentaire précis sur chacun d'eux. Elle s'étonna que hormis Sheila, aucune interprète féminine ne trouvât réellement grâce à mes yeux — je ne m'en étais jamais rendu compte avant qu'elle ne m'en fasse la remarque. Surtout, elle fut heureuse d'y voir figurer Florent Pagny, qui, au milieu de toute la musique moderne qu'elle écoutait sans trop savoir pourquoi, demeurait son chanteur favori. En revanche, elle se montra circonspecte au sujet de Michel Sardou : « *Je crois que c'est son image qui me repousse un peu. Il a un côté rigide, pas très ouvert d'esprit. Et puis, je ne me sens pas du tout en phase avec les idées qu'il véhicule...* » Ses idées ? Quelles idées ? J'ai toujours pensé qu'il ne fallait pas s'y fier, tant il en a souvent changé. Quant à son image, je crois qu'elle est à l'exact opposé de l'homme privé : un faux dur qui cache des océans de tendresse derrière un masque d'austérité, une gueule qui fait la gueule.

Alors, d'où vient la mauvaise réputation qui lui colle à la peau depuis si longtemps ? Très souvent, en dévoilant ma passion pour Sardou, j'ai fait face à des réactions brutales — celle de Joséphine n'était donc pas une surprise. Ça vole bas, et ça rime en o : démago, populo, facho, phallo. Pour un peu, ils l'auraient monté sur l'échafaud. Il y a une quarantaine d'années, deux éminents auteurs voulaient d'ailleurs consumer le chanteur. Enfin, pour être tout à fait précis, ils posaient la question. Procédé oblique pour ne pas dévoiler trop clairement leurs mauvaises intentions. Courage, brûlons ! L'artiste populaire, lui, n'a jamais réellement cherché à éteindre les incendies. Pourquoi ? Certains affirment que ces étiquettes l'amusent, quand d'autres pensent simplement qu'il s'en moque. Moi, j'ai tendance à croire que cet homme à la voix forte n'est pas le plus à l'aise lorsqu'il s'agit de faire sa propre publicité — du reste, il a écrit l'écrasante majorité de ses chansons, mais ne le mentionne jamais. Trop de pudeur, sans doute. Ainsi, le mâle entendu a trop souvent été mal entendu. Et, de malentendu en malentendu...

Son attitude, bien sûr, accentue la méprise. Sur scène, il se tient comme un menhir, les deux jambes solidement campées sur les planches, alors on le croit monolithique. Pourtant, quand on s'y intéresse de plus près, on devine qu'il s'agit d'un homme multiple qui, avec les années, a su évoluer. Se relire sans se renier. Se réécrire, parfois. Au seuil de sa carrière, il chante *Le rire du sergent* et les réactions ne se font pas attendre. On le taxe d'homophobie ? Qu'à cela ne tienne, sur scène, il joint désormais le geste à la parole et livre une interprétation caricaturale de *la folle du régiment* ; l'art de la provocation, toujours. Le besoin, peut-être, d'aller jusqu'au bout de l'erreur avant revenir à ce qu'il aurait fallu faire. Vingt ans plus tard, il signe *Le privilège*, l'une des chansons les plus délicates de son répertoire. D'une écriture sensible, il dépeint les états d'âme de ce garçon qui en aime un autre et qui ne sait pas comment s'y prendre pour l'annoncer à ses parents.

Aujourd'hui encore, beaucoup se plaisent à l'associer à ses identités d'emprunt ; les plus sombres, naturellement. Comme le raconte l'excellent Laurent Chalumeau, écrivain inspiré et fin connaisseur de la chanson française, quand Pierre Perret chante qu'il est le plombier — *biébiébiébé* — et qu'il a un beau métier, personne ne lui demande d'apporter une ventouse pour déboucher les canalisations ! Alors, non, Michel Sardou n'est pas — toujours — l'homme de ses chansons. Il n'a jamais été ce vieux colonialiste nostalgique, pas plus qu'il ne fut ce curé désirant une vie maritale, ni — soyons plus absurdes que ceux qui l'ont systématiquement pourfendu — ce gigantesque bateau abandonné. L'écriture à la première personne nécessite de distinguer le *je* du *jeu*, et c'est sans doute l'origine du trouble suscité par le répertoire de l'artiste controversé. De tout ça, en bon prince de l'équivoque et de la provocation, Sardou s'est longtemps diverti. Et puis, il y a eu la violence d'une tournée : les insultes, les menaces, les manifestations, les croix gammées, les bombes et les tirs à balles réelles. À compter de la fin de l'année 1976, rien ne sera plus jamais pareil. À l'un de ses proches, il confie : « *Ils ont cassé mon jouet...* »

Chez Joséphine, en revanche, l'envie de folâtrer demeurait intacte. Elle prit les choses en main et nous fîmes l'amour une nouvelle fois, avec plus d'intensité encore. Après une ultime plainte partagée, elle se jeta brusquement sur le dos, retrouvant son côté du lit. Cette fois, sans laisser place au silence, elle me lança : « *À ton tour !* » Du tac au tac, dans le creux de l'oreille, je lui chuchotai la question qui m'obsédait depuis des semaines : « *Dis, est-ce que tu m'aimes ?* »

12. Un homme heureux

Pourquoi les gens qui s'aiment,
Sont-ils toujours un peu les mêmes ?
Ils ont quand ils s'en viennent,
Le même regard d'un seul désir pour deux.

Cette nuit, je repense au jeune serveur ; celui de notre premier tête-à-tête. Par la suite, j'avais revu ce garçon à plusieurs reprises, puisque nous retournions régulièrement dans ce restaurant arrageois d'excellente réputation. Davantage que la qualité de l'établissement, j'y voyais surtout une façon de célébrer la naissance de notre amour, comme un pèlerinage dans le lieu sacré où ma vie avait basculé ; pour le meilleur — pendant trois ans — et pour le pire — depuis quelques mois. À chaque fois, je prenais la précaution de réserver quatre ou cinq jours avant, indiquant la table — que je considérais comme notre table — à laquelle je souhaitais être installé. « *C'est possible d'avoir la console haute qui se trouve au milieu de la salle ?* » À l'autre bout du fil, les employés accueillaient toujours cette requête avec une bienveillance qui ne semblait souffrir d'un quelconque étonnement. « *Pas de souci, Monsieur ! Puis-je faire autre chose pour vous ?* » Cela dit, je les soupçonnais d'en informer le reste du personnel une fois le combiné raccroché. « *Ah, y'a l'autre dingue qui vient d'appeler ! Mais si, le type qui réclame à être au milieu de la salle ! Il doit être sacrément narcissique, ce gars-là ! La prochaine fois, je lui propose qu'on lui branche un projecteur braqué sur sa table !* » Je finissais invariablement par me rassurer en pensant qu'ils devaient recevoir tellement de demandes farfelues — un soir, dans ce même restaurant, notre plus proche voisin avait commandé un burger sans salade, sans tomates, sans oignons, sans fromage et sans pain — qu'ils n'y prêtaient sans doute même plus attention.

À ce jour, je n'étais jamais tombé sur le jeune serveur lors de mes appels téléphoniques, quoique je ne pouvais pas l'affirmer. Bien qu'étant très attentif aux voix, je n'étais jamais parvenu à distinguer clairement le son de la sienne ; ni quand il prenait notre commande ni au moment de l'addition. Au restaurant, cette voix — blanche, faiblarde, mal-assurée — était au diapason de son apparence générale qui trahissait un certain mal-être. Tout bien réfléchi, j'ai le souvenir qu'il communiquait très peu. Alors, de deux choses l'une : soit la complicité entre Joséphine et moi le rendait quasi muet — *les gens qui s'aiment, bah y'a rien à dire, y'a rien à faire pour eux* —, soit il n'était tout simplement pas en capacité de dialoguer avec qui que ce soit, au regard de son état actuel. Parce qu'il n'était pas bien dans ses baskets, ça ne faisait aucun doute. Alors, je guettais un signe d'évolution à chacune de nos visites ; dans ma tête, il était presque devenu un patient.

J'avais beau chercher des indices partout — « *Tiens, il a mis une chemise grise aujourd'hui ! D'habitude, il est toujours en noir ! C'est plutôt un bon signe, tu ne crois pas ?* » —, son moral me faisait penser aux chansons de Vincent Delerm. Franchement morose. Le plus souvent, Joséphine me tempérait. Elle n'était pas insensible à la douleur des autres, loin de là, mais elle connaissait trop bien ma propension à vouloir secourir les âmes sombres. Par-dessus tout, elle m'avait interdit d'engager une conversation personnelle avec le jeune garçon. « *Si tu penses qu'il est à ce point fragile, ne lui dis rien qui pourrait lui faire se poser davantage de questions, se sentir agressé et donc le miner encore plus.* » Quand ma plus grande alliée s'opposait à mes lubies sentimentales, je le vivais comme un affront, une trahison, voire — dans mes moments dramatiquement solennels ou solennellement dramatiques — un crime de lèse-majesté : « *Tu ne me comprends pas ! J'ai de bonnes intentions et ça me tue que tu puisses en douter !* » Elle me répondait toujours avec beaucoup d'intelligence — un attribut, qui, en pareilles circonstances, me faisait cruellement défaut. « *Je ne doute pas de tes intentions, plutôt de la façon dont tu veux les mettre en œuvre.* » Bien que ça me coûtât de l'admettre, elle avait raison sur toute la ligne.

Sauf que là, tout de suite, j'ai besoin de parler au serveur. Et ça tombe plutôt pas mal puisque je n'ai plus de garde-fou pour m'en empêcher — c'est bien la première fois que je trouve un caractère positif à notre rupture. Il faut que j'appelle le restaurant. Le problème, c'est que je suis infoutu de reconnaître la voix de ce petit gars, dont je ne connais même pas le prénom — « *Je crois bien que c'était Vincent. En tout cas, il a une voix à s'appeler Vincent !* » Et puis, comment justifier mon coup de fil ? « *Bonjour, c'est le monsieur qui réserve toujours la table haute au milieu de la salle. Non, ce n'est pas la peine de braquer un projecteur sur cette table, je vous remercie. Ce que j'aimerais, en revanche, c'est parler au serveur triste qui écoute* Un homme heureux*. Ah, il n'est pas là ? Lors de son prochain service, vous pourrez lui transmettre le message qu'il n'est pas seul. Moi aussi, j'ai beaucoup de chagrin et, moi aussi, je me passe cette chanson en boucle.* » M'enfin, je ne peux pas faire ça. Je sais bien qu'ils ont l'habitude des requêtes extravagantes, mais quand même. Et puis, surtout, il est six heures du matin. Perdu pour perdu, j'allume Qobuz ; je vais me repasser la chanson une énième fois...

Depuis deux jours, je n'écoute plus qu'elle. J'en ai exhumé toutes les versions. L'originale d'abord, d'un dépouillement somptueux, sur l'album *Sheller en solitaire* de 1991. Le live, à peine plus orchestré, au Cirque Royal de Bruxelles en 2005. L'interprétation très fragile sur le plateau des Victoires de la Musique en 2016. Les diverses reprises de Michel Delpech, Clément Verzi... et même Louane, qui rendent plus ou moins hommage à ce chef-d'œuvre. Qu'on le veuille ou non, *Un homme heureux* est un authentique succès. Un tube, qui n'en aurait pas les apparats, hormis le rayonnement auprès du grand public. Si tant est que l'on soit un peu curieux, le tube peut être une porte d'entrée, un commencement. Au fond, on découvre une chanson comme on débute une liaison amoureuse. Souvent, il y a cette attraction hâtive, qui peut se révéler aussi superficielle qu'éphémère ; on parle de relation Kleenex, mais ça marche tout autant pour certains hits formatés comme tels. Parfois, l'initiation est un peu plus âpre, mais le temps nous démontre qu'on a eu raison de ne pas abandonner à la première difficulté — ainsi, j'ai mis un moment avant d'apprécier pleinement le répertoire de Francis Cabrel. Et puis, il y a les évidences qui, dès la première seconde, vous font dire que ça durera bien toute la vie. William Sheller en est une. Joséphine aussi.

13. Et un jour une femme

Trouver en soi un avenir peut-être,
Et surtout l'envie d'être,
Ce qu'elle attend de vous.

C'était la question à un million. Elle y avait répondu sans utiliser de joker, mais avec une pudeur attendrissante — puisqu'après avoir avoué l'essentiel, elle tâchait de sauver ce qui pouvait encore l'être, à commencer par cette sensation de vulnérabilité qu'elle avait insinuée en moi depuis le premier jour de nos jours. « *Rien n'est jamais acquis,* tonna-t-elle comme un coup de semonce. *Si tu avais encore l'idée de me torturer avec le chanteur braillard qu'on a écouté hier dans la voiture, pas sûr que je garde les mêmes sentiments pour toi…* » Il y avait une ombre dans son je t'aime. Et cette ombre possédait une voix qu'elle jugeait criarde, un sourire tordu qui l'inquiétait et un patronyme qu'elle n'avait jamais entendu auparavant. Jean-Patrick Capdevielle.

Il faut dire que le vieil *hombre,* dieu et diable du rock français à ses débuts, avait disparu des radars médiatiques depuis fort longtemps, retiré dans son ranch des Baléares. Après deux albums remarqués, classés parmi les cent meilleurs disques hexagonaux par le magazine *Rolling Stones,* Capdevielle avait passé la suite des années quatre-vingt à chercher — autant à se débarrasser de l'influence de Springsteen qu'à débusquer un cinquième accord sur sa guitare — sans jamais trouver. De cette période d'anarchie artistique, *qu'est-ce qui est resté ?* Quelques bonnes chansons — *En d'ssous du pont, La vie passe comme une rivière, L'homme de paille, L'hiver, Celle qui t'aimait* — et c'est tout. Il avait ensuite continué son parcours chaotique *le long de la jetée* d'un show-biz trop pressé pour appréhender ses textes hermétiques. Milieu, qui, de toute façon, ne tenait pas vraiment à revoir sa gueule d'ange perverti sur les plateaux télé — à sa grande, mais courte époque, il n'était pas rare que l'artiste, gestuelle féroce et yeux révulsés, balance son pied de micro dans l'assistance à la fin d'une chanson. Chez Guy Lux, ça faisait mauvais genre.

Alors, plutôt que d'essayer par tous les moyens de convaincre Joséphine de ce qu'elle pourrait éventuellement finir par apprécier, je souhaitais avant tout que nous partagions ce qu'elle adorait déjà. Le soir où elle m'avait confessé son amour, j'avais d'ailleurs prévu de l'emmener au concert de Florent Pagny — elle l'ignorait. Il ne s'agissait pas d'une récompense à ses aveux, puisque je préparais mon coup depuis plusieurs jours. Cela dit, si elle m'avait répondu n'importe quoi ou, pire encore, une vérité que je n'avais même pas osé envisager — « *Enfin, Paul ! Tu sais bien que ce n'est pas sérieux entre nous...* » —, sans doute n'aurais-je pas eu la force de maintenir cette surprise. Il est même possible qu'en guise de représailles, j'eusse l'idée d'organiser à la place une soirée à thème : les plus grands tubes de Jean-Patrick Capdevielle. *Quand t'es dans le désert* en boucle, donc.

Quoi qu'il en soit, le programme de la journée était tellement millimétré qu'il m'était impossible de me perdre trop longtemps dans des pensées aussi absurdes. D'abord, je tenais absolument à ce que nous déjeunions à Arras, avant d'y faire un peu de shopping. Si je me plaisais dans cette nouvelle vie lilloise à ses côtés, j'aimais revenir dans ma ville pour tout un tas de raisons, notamment l'ossature commerciale de l'hypercentre : les deux tiers des boutiques étaient tenus par des indépendants, chose rare pour une cité de cette dimension. Évidemment, s'arrêter chez Big Star Records, le seul disquaire arrageois, était un passage obligé lors de chacune de nos visites. Bien que le patron ne fût pas un fervent défenseur de la chanson française — ce style musical était clairement le parent pauvre de son établissement —, j'avais toujours l'espoir d'y dénicher une rareté. Joséphine, quant à elle, adorait flâner à La Grand Librairie. Sans être un lecteur acharné — sauf de *L'Équipe*, que je dévorais tous les jours de la première à la dernière page —, je partageais le plaisir de déambuler dans ce lieu boisé, particulièrement chaleureux, où les arômes d'amande se mélangeaient à ceux de vanille dans une confusion enivrante. Et puis, j'y avais des souvenirs. Enfant, c'est là que j'avais acheté mes premiers livres : des bandes dessinées — que je lisais avec ferveur — aux grands classiques imposés par mes professeurs de français — dont, le plus souvent, je survolais tout juste la quatrième de couverture.

Pour ne rien gâcher, cette librairie avait une histoire familiale très importante. Depuis le dix-neuvième siècle et jusqu'à récemment, elle avait appartenu aux Brunet, une lignée qui se transmettait l'échoppe de génération en génération. Depuis une dizaine d'années, elle avait été reprise sans perdre de son indépendance, et encore moins de son charme qui émergeait de l'agencement des lieux : le rez-de-chaussée était accessible à tous, mais pas le niveau supérieur, seulement visible de la clientèle. De très vieux écrits y étaient exposés sur un rayonnage rectangulaire encadrant l'espace ouvert au public, ce qui ajoutait encore davantage de cachet à l'endroit. Juste au-dessus du vaste domaine consacré aux livres jeunesse s'étendait un personnage imposant : la géante Mahaut d'Artois, rebaptisée Belle Endormie. Une présence enchanteresse qui captivait les plus jeunes, les incitant surtout à rester aussi silencieux que possible afin de ne pas réveiller cette grande dame d'au moins quatre fois leur taille. Quant à Joséphine, qui n'était plus enfant, mais respectait naturellement la quiétude de ce temple de la littérature, elle était ressortie avec une demi-douzaine de livres sous le bras, sans qu'aucun employé ne l'ait poussée à l'achat — en cela, aussi, la librairie n'était pas un commerce comme les autres. En revanche, presque toutes ses acquisitions avaient été provoquées par les petites chroniques signées de la main des employés, épinglées en couverture.

Après avoir quitté ce monde quasi-féerique et avant d'en rejoindre un autre le soir même au Zénith de Lille, j'avais tenu à ce que nous fassions une halte dans une boutique de fringues de la rue des Balances, un chemin piéton qui mène à la place des Héros. À l'intérieur, Joséphine — qui au quotidien portait principalement des robes unies — avait flashé sur un jean ; lequel, selon ses mots, la mettait « enfin » en valeur. Même si « encore plus » eut bien mieux convenu que « enfin » à mon sens, j'étais d'accord sur le fond : cette pièce semblait avoir été conçue pour elle. Je voulus la lui offrir, mais elle refusa avec fermeté — elle préférait donner que recevoir, et c'était tout sauf une posture. J'insistai en jouant la carte symbolique de la première fois. Après tout, c'était la vérité ; depuis trois mois, je lui avais acheté quelques cadeaux — des livres, un bracelet, un extracteur de jus, le premier album de Vianney — mais jamais de vêtement. Comme elle ne cédait pas, je finis par lui dire que tout bien observé, je trouvais que ce jean faisait un peu vulgaire… et elle avec. Évidemment, je n'en pensais pas un traître mot, tant Joséphine personnifiait l'élégance. Sur son corps, même une combinaison en vinyle brillant aurait été un sommet de distinction — l'envie m'était déjà venue de le vérifier, mais dans un cadre intime pour commencer. Lassée de mes stratagèmes, elle accepta bon gré, mal gré que je règle le jean.

La fin d'après-midi approchant, il était temps de reprendre la route vers Lille. Avant de récupérer la voiture, nous fîmes un ultime crochet par la pâtisserie Thibaut qui fabriquait des Cœurs d'Arras en pain d'épices et fruits confits, une spécialité locale dont Joséphine raffolait. Comme le concert était censé débuter un peu plus d'une heure après, à cinquante et quelques bornes de là, je lui demandai de presser le pas, arguant une fatigue passagère. Elle s'imagina que nos ébats du matin m'avaient épuisé et, quoi qu'il m'en coûtât question masculinité, je lui fis croire qu'elle avait raison. Elle me proposa alors de prendre le volant, mais comme elle conduisait toujours vingt kilomètres-heure en dessous des limitations, je déclinai par peur qu'elle ne manque le début du spectacle de son artiste favori — et aussi d'être totalement dévirilisé à ses yeux. Une demi-heure plus tard, au bout de l'autoroute, la sortie vers le centre-ville lillois était évidemment saturée. « *Il doit y avoir un concert au Zénith* », supposa ma passagère qui se montrait enfin perspicace. Après dix minutes à rouler au pas, nous arrivâmes devant le parking souterrain attenant à la salle, dans lequel je m'engouffrais sans crier gare. « *On n'irait pas voir ce que c'est ?* », lui lançai-je une fois engagé, ce qui rendait toute réponse vaine.

« *Si tu y avais pensé un peu avant, j'aurais regardé sur mon téléphone...* », objecta-t-elle sereinement – elle n'était même pas agacée, parce qu'en réalité je crois qu'elle m'aimait aussi pour ce genre de coup de folie stérile. « *Ah, mais il me semble qu'on m'a mis une petite brochure du Zénith sur le pare-brise l'autre jour ! Regarde dans la boîte à gants, au cas où je l'aurais gardée...* » Joséphine s'exécuta, mit la main sur le livret et l'ouvrit à la double-page qui répertoriait la programmation annuelle de l'enceinte. Elle y trouva deux places de spectacle, côté verso, qu'elle eut le réflexe immédiat de retourner. « *Mon Florent !?* », s'écria-t-elle incrédule en découvrant les billets. Sans se soucier du fait que je m'échinais toujours à trouver une place dans ce parking bondé, elle me prit dans ses bras en encerclant les miens ; j'agrippai le volant de toutes mes forces pour ne pas encastrer la voiture dans un pylône en béton. Une fois stationnés, nous montâmes les escaliers quatre à quatre, traversâmes les différents contrôles, puis une ouvreuse nous installa prestement, tandis que la salle était déjà plongée dans l'obscurité.

À peine deux minutes plus tard, sans doute encore un peu sonnée, Joséphine ne distingua pas immédiatement la silhouette de « son » Florent. La clameur du public lui signala que le chanteur approchait, sans qu'elle ne parvienne toutefois à le repérer — à la manière d'un suricate, elle balayait du regard toute la largeur de la scène. De l'index, je lui indiquai les cintres, à une vingtaine de mètres du sol. Lentement, juché sur une nacelle métallique, Pagny rejoignit les planches en majesté sur les premières notes des *Murs porteurs*, premier extrait d'un dernier album triomphal – plus de sept cent mille exemplaires écoulés, parmi les cinq meilleures ventes de l'année précédente. Puis les tubes s'enchaînèrent sans temps mort : *Bienvenue chez moi*, *Ma liberté de pense*r, ou encore *Châtelet les Halles* — mon titre préféré, qui mettait particulièrement en valeur la voix d'airain du maestro. Une voix qui, du reste, n'avait de cesse de se réinventer à chaque chanson. Si, techniquement, elle demeurait absolument impeccable d'un titre à l'autre, la texture se faisait tantôt légère — *Là où je t'emmènerais* —, tantôt rugueuse — *Demandez à mon cheval* — et le plus souvent, d'une pureté incomparable — *Savoir* *aimer*. Pour ma part, son interprétation d'*Un jour une femme* constitua le moment fort du tour de chant. Je connaissais les paroles sur le bout des doigts, mais cette fois, je les comprenais par cœur. Le sens de ce texte, jusqu'alors flou, m'apparut soudain palpable, tant il disait tout de moi et des sentiments que Joséphine m'inspirait. Elle, dont l'attitude composait l'autre moitié de mon spectacle. De temps en temps, je lui lançais des coups d'œil furtifs. Je ne voulais pas qu'elle distingue mon regard, au risque de la détacher du concert et d'elle-même. À cet instant, Joséphine existait tout entière. Plus que ça : elle s'abandonnait, comme touchée par une sensation de plénitude. Une apothéose que seuls l'amour et la musique permettent d'atteindre, je crois.

14. C'est quoi, c'est l'habitude

C'est quoi, c'est l'habitude,
C'est quoi, ça vient de moi,
Est-ce que l'on s'aime encore,
Tu le dirais, dis-moi ?

Sur le chemin qui me ramène à Arras, un torrent de grêle tambourine contre la carrosserie, recouvrant le piano-voix moelleux de William Sheller. Il y a quelques jours, j'ai découvert Stylus, son dernier album. Plus que séduit, je suis littéralement bouleversé par cette mélancolie qui affleure de chaque note, de chaque mot et de chaque inflexion de voix. Malgré un manque de coffre évident, ce timbre de félin craintif me transperce. Sheller est un « diseur » — une expression empruntée à Barbara, dont il était très proche — plus qu'un chanteur à franchement parler. Et cette chatterie me console un peu, je crois. En tout cas, elle ne peut pas me faire davantage de mal, tant la douleur semble désormais atteindre son paroxysme. Aujourd'hui, c'est sûr, elle dépasse allègrement les limites du supportable. Ça larsen en dedans. À l'extérieur de moi-même, la grêle s'est arrêtée pour laisser place à une pluie fine comme la mélodie de *Sweet Piece,* fragment instrumental de l'album. Du Sheller pur sucre amer. Un crachin qui lui ressemblerait. Dans mes yeux, comme imperméables aux oscillations de la météo, le paysage reste tout embué. Et même le ballet des essuie-glaces n'y peut rien changer.

Pourtant, aujourd'hui j'ai revu Joséphine pour la première fois depuis notre séparation. Je n'aurais jamais cru que sa présence pourrait me faire autant souffrir. Peut-être même davantage que son absence, que je subis depuis maintenant deux mois. Elle m'avait donné rendez-vous en fin de matinée pour une discussion qu'elle admettait « *inévitable* » avant son grand départ pour l'Italie. Ça faisait des jours que je la sollicitais : « *Tu ne peux pas partir sans m'avoir expliqué les raisons de notre rupture. Je t'en prie. J'ai besoin de comprendre, mon amour.* » Quelques semaines après notre séparation, ce « *mon amour* » subsistait tel un vieux réflexe, un tic de langage, une ponctuation — du « *en fait* » dont certains ponctuent toutes les phrases sans même s'en rendre compte. Joséphine, de son côté, voulait en finir avec tout ce qui nous concernait. Pour moi, la revoir était une question de survie ; pour elle, recroiser ma route était donc inévitable. J'étais devenu une sorte d'obstacle qu'elle ne pouvait contourner. En entérinant ce rendez-vous, elle se résignait à l'inéluctable. Elle me devait une explication, c'était fatal. Et une façon, sans doute, d'apposer un point final à notre histoire.

« *Oui, c'est inévitable qu'on ait une discussion, Paul. Demain, 11 h, chez moi ? C'est le seul créneau que je peux te proposer, car avant j'ai un rendez-vous chez le coiffeur et ensuite je vais déjeuner en ville avec Camélia.* » Je crois que même les pires outrages — « *Tu sais quoi ? Ton Sardou, je l'ai toujours détesté, en fait !* » — m'auraient moins détruit que ce message dépouillé de tout sentiment. Un texte clinique, sans âme, où pas un mot ne venait rattraper l'autre. Je n'ai pas rêvé, ce n'est donc plus chez nous ? Elle reprenait aussi vite qu'elle avait donné. Et puis, depuis quand ne m'avait-elle pas appelé

Paul ? Pour autant que je m'en souvienne, je crois qu'elle n'avait jamais écrit ou même prononcé mon prénom tel qu'il est inscrit sur ma carte d'identité — d'ailleurs, personne ne m'appelle Paul. Dans sa bouche, c'était tour à tour Paulo, Polux, ou bien Paulinho — quand elle me demandait comment s'était passé mon match de foot, en référence aux stars brésiliennes du ballon rond. Et, bien souvent, c'était encore plus tendre que ça.

Je disséquais sans cesse les cinq misérables lignes qu'elle m'avait adressées. Pourquoi un rendez-vous chez le coiffeur, d'abord ? À qui avait-elle envie de plaire ? Au demeurant, peut-être cherchait-elle seulement à me déplaire — elle savait que j'étais dingue de ses cheveux longs qui dansaient jusqu'au creux de ses reins. Enfin, il y avait ce déjeuner avec sa plus vieille amie, qui n'avait pour elle que son prénom — dans la pratique, Camélia était tout sauf une fleur. Du reste, Joséphine avait toujours quelque chose à redire la concernant ; ce n'était pourtant pas son usage que de médire sur les autres. Après chacune de leurs rencontres — comme elles s'espaçaient de plus en plus au fil des années, on pouvait presque parler de retrouvailles —, elle notait l'évolution de Camélia, qui s'apparentait à un long glissement vers l'égoïsme, la radinerie et l'aigreur. Tout le contraire de Joséphine, en somme. Parfois, il m'était arrivé de lui demander pourquoi elle continuait à s'infliger la compagnie de cette rose pleine d'épines. Elle répondait invariablement qu'elle la connaissait depuis la crèche. « *Tu vois, c'est un peu une habitude...* »

Je n'insistais pas. D'une part, mon souhait n'était pas de l'éloigner de son amie d'enfance ; d'autre part, j'étais convaincu par sa justification — or, on pouvait difficilement faire moins persuasif. Simplement, moi aussi, j'avais un penchant pour les habitudes. Avec Joséphine, elles m'évoquaient l'éternel renouveau du bonheur : le jus de citron qu'elle me préparait chaque matin, le journal qu'elle m'apportait, l'amour que nous faisions juste après, l'album qu'elle choisissait dans ma discothèque avant nos trajets en voiture, les samedis après-midi où l'on retrouvait mon père dans un café du Vieux-Lille, le pain aux céréales — le préféré du paternel — de notre boulangerie qu'elle mettait un point d'honneur à lui rapporter, les matchs de Roger Federer que nous regardions ensemble, et cette façon de rejoindre notre lit au même moment — pour moi, se coucher de concert est un commandement essentiel au bon fonctionnement du couple. Puis, un triste matin, pour la première fois depuis longtemps, on se réveille seul, perdu, emprunté, poisseux. Et c'est déjà une mauvaise habitude.

15. Aimons-nous vivants

Comme une envie de dire je t'aime,
Quand on est au bout de soi-même,
Quand il n'y a plus aucune raison de le cacher.

À présent, j'en étais persuadé. Elle m'aimait. C'était évident, puisqu'elle aimait tout ce que j'aimais. Les matchs de foot au Stade Bollaert auxquels nous assistions tous les quinze jours, les deux épisodes de Columbo diffusés sur une chaîne du câble chaque mercredi, et même François Valéry. Preuve en est, le lendemain du concert de Florent Pagny, elle n'avait pas rechigné longtemps avant de m'accompagner à un spectacle, disons, plus confidentiel. Après plusieurs années d'absence, il était question du retour sur scène de celui que je considérais comme un ersatz de Claude François — quand je voyais François Valéry à la télévision, je ne pouvais pas m'empêcher de penser à ce que Cloclo serait devenu s'il avait survécu à cette applique mal accrochée. Aurait-il accepté de se déplacer un dimanche après-midi d'automne — nous étions en avril, mais ici, l'automne trouvait toujours le moyen de réapparaître juste après l'hiver — pour chanter dans une salle polyvalente aux murs décrépis, avec un panier de basket remonté de quelques mètres pour seul et involontaire élément de décor ?

Le matin même, j'avais reçu un message d'Adel, mon meilleur ami, dont la mère résidait à Boiry-Saint-Martin, bourgade de cinq-cents âmes à une quinzaine de kilomètres au sud d'Arras. Il m'avait transféré la photo d'une affichette qu'il venait de récupérer dans la boîte aux lettres, sur laquelle était inscrite cette simple phrase en gros caractères : *Concert de François Valéry à 16 h 30 dans votre ville !* En médaillon, on y trouvait aussi le portrait d'un drôle de type, qui, avec son regard ensommeillé et ses bajoues ramollos, n'avait pourtant rien d'un comique. « *C'est lui, François Valéry ?!* », me demanda Joséphine d'une voix qui trahissait son inquiétude. Je l'avais rassurée en lui indiquant que c'était en fait le maire de cette commune — le même qui, dix ans plus tôt, avait célébré les secondes noces de la mère d'Adel. « *T'as une sacrée mémoire des visages !* », souffla-t-elle. Une tronche d'enterrement le jour d'un mariage, ça ne s'oublie pas.

Quelques minutes avant l'heure indiquée sur le tract, l'édile — par son emphase, il donnait l'impression de diriger une métropole — apparut sur scène pour déclamer un trop long discours à sa propre gloire. Il s'appropriait le temps pour vanter sa politique — « *Cette année encore, je me suis engagé pour votre bien-être en accélérant la construction d'un banc public jouxtant le terrain de pétanque. Terrain, dont, je vous le rappelle, la surface avait été restaurée lors de mon précédent mandat !* » — sans jamais prendre celui d'évoquer le chanteur qui allait lui succéder. D'une certaine façon, on pouvait croire que François Valéry était venu faire sa deuxième partie.

Si son visage de Droopy restait inexpressif, ses gesticulations étaient maintenant triomphantes. Il avait quitté la scène, arborant le V de la victoire d'une main, agitant son micro filaire au rythme des applaudissements — polis, mais bien réels — de l'autre. Dans le fond, ici, tout le monde avait l'air de l'apprécier… ou de s'être habitué à sa présence. Juste avant de disparaître définitivement derrière le rideau noir, il avait attendu que son suppléant le rejoigne sur les planches grinçantes de cette toute petite scène, où il aurait été difficile d'installer un orchestre. Puis, au moment de lui transmettre le relais et comme un signe de cooptation, il lui adressa une bonne tape dans le dos qui semblait dire : « *Amuse-toi bien mon p'tit père !* »

François Valéry s'était avancé d'un pas léger — tout à coup, le sol grinçait moins fort — pour un homme qui trimballait un certain embonpoint. Sans tambour ni trompette — il ne bénéficiait de la présence d'aucun musicien, tout juste de celle de Jean-Louis, son ami-producteur-manager-régisseur-assistant-chauffeur — mais avec cette humilité qui caractérise généralement ceux qui ont été portés au pinacle avant de connaître les profondeurs de l'oubli. Une spirale ravageuse, au cours de laquelle ce qui succède à l'humiliation n'est souvent rien de mieux qu'une autre humiliation. Tour à tour, l'interprète d'*Emmanuelle* avait connu le désintérêt médiatique, l'indifférence des maisons de disques, les grandes salles vides de spectateurs qui ne veulent plus payer pour vous voir, les petites salles communales pleines de badauds qui s'en foutent, mais se disent que ça leur fait une sortie — « *Et, en plus, c'est gratuit ! Pour une fois qu'il se passe quelque chose dans ce patelin, on va quand même pas se priver ! Pas vrai, Martine ?* » — et les maires qui vous reçoivent, persuadés qu'ils sont eux-mêmes la star.

Le spectacle de l'artiste avait commencé par une allocution d'une fadeur confondante — ce qui *de facto* réduisait la dimension de spectacle à son strict minimum. C'était juste un homme, pareil à tous les autres hommes, avec ses kilos superflus, son costume mal taillé et sa chevelure terne, débitant des banalités devant une assemblée diversement concernée : « *Je suis très heureux d'être avec vous aujourd'hui et je remercie chaleureusement la municipalité de m'avoir donné l'occasion de venir à votre rencontre. Jean-Louis, tu peux envoyer la musique !* » Debout à nos côtés, Sylvie ne masquait pas son inquiétude : « *Il a l'air tendu mon Fanfan ! Ça se voit qu'il n'est pas monté sur scène depuis longtemps !* »

Sylvie était une fan, une vraie. Joséphine et moi avions fait sa connaissance avant que le show — celui du maire — ne débute. Cette dame, d'origine belge, mais qui résidait maintenant à Troyes, avait parcouru trois cents kilomètres pour assister à ce gala et elle s'étonnait que nous puissions l'être. « *J'ai fait pire !* » répétait-elle à l'envi — ce qui voulait quand même bien dire, d'un strict point de vue sémantique, qu'il était question d'actes stupéfiants, voire carrément inopportuns. « *J'ai acheté son premier disque dès sa sortie*, revendiquait la pimpante sexagénaire comme on brandirait un trophée. *À l'époque, il avait un autre nom. Il s'appelait Claude Larra. C'est l'année d'après qu'il est devenu François Valéry. Vous savez, il pourrait encore changer de nom, se faire appeler Duchmol ou Tartempion, moi, je ne l'abandonnerai jamais !* » On comprenait bien qu'au-delà de tout, c'est l'invariabilité de ses propres sentiments qui la rendait fière. Depuis 1973, elle lui avait été tellement fidèle qu'elle n'envisageait qu'une issue : le rester. Après toutes ces années de constance, il n'était plus question d'abdiquer.

Pendant que Sylvie déroulait la biographie de son idole, je songeais à ces hommes et ces femmes qui se séparent après quarante ans d'épreuves communes. Au moment de faire le bilan, ils devaient forcément être accablés par le désespoir d'avoir partagé la majeure partie de leur existence avec une pomme pourrie, tandis que leur moitié d'orange se trouvait peut-être là, tout près, sur le palier du dessus ou dans la rue voisine. L'un se disait que c'était sûrement cette délicate infirmière qui l'avait soigné après une mauvaise chute de vélo ; l'autre pensait qu'il s'agissait sans doute de ce garçon au charme fou qui vivait avec une collègue qu'elle détestait et qui le lui rendait bien. De toute façon, c'était trop tard, le train ne passe qu'une fois. Comment, en pareilles circonstances, ne pas être rongé par les regrets, les remords ou, pire encore, cette sensation d'être passé à côté de tout : de soi, de l'autre et de la vie tout entière ?

Par son opiniâtreté, Sylvie s'était finalement évité de sacrés tourments. Bien sûr, je devinais qu'elle avait pu avoir, de loin en loin, la tentation de s'amouracher d'autres chanteurs — plus jeunes et plus branchés que son « Fanfan » — sur la peau desquels les lumières brûlaient alors. Mais elle avait tenu bon, envers et contre tous. Malgré lui — il faut bien reconnaître qu'il n'avait plus rien à voir avec le prince d'amour de ses débuts — et sans doute un peu malgré elle, aussi. Malgré tout. Quand une majorité du public s'était fait la malle, au cours de ce qu'elle avait d'abord pudiquement qualifié de traversée du désert, Sylvie s'était montrée encore plus présente pour l'artiste de son cœur : « *Il a écrit une comédie musicale qui n'a pas marché et tout le monde lui a tourné le dos. Il a fait une grave dépression, vous savez. Il avait mis énormément d'argent là-dedans, parce qu'il y croyait beaucoup. Il y a une dizaine d'années, après un gala, il m'en a parlé de lui-même. Il m'a avoué qu'il était ruiné. Il faut un sacré courage, vous trouvez pas ? J'ai proposé de l'aider comme je pouvais. Oh, c'était vraiment grand-chose. Les petits sous que j'avais mis de côté — certains mois, pas souvent — depuis que j'avais commencé à travailler...* »

Dès lors, mes pensées ne divaguaient plus vers des théories de comptoir. J'étais littéralement happé par l'anecdote de mon interlocutrice — à tel point que je n'avais pas remarqué l'absence de Joséphine, revenue un peu plus tard avec trois gobelets de chocolat chaud remplis à ras bord. Je n'osais pas lui demander si le chanteur avait accepté son aide, mais je ne pouvais me retenir de la questionner sur les ressorts de cet élan de générosité. « *Ça me semblait être la moindre des choses, me répondit-elle calmement. Il m'a apporté tant de bonheur ! Moi, je croyais en lui, autant qu'il avait cru en son spectacle...* » À la différence près qu'elle n'attendait aucun retour sur investissement ; juste que son artiste fétiche remonte la pente. Puisqu'il avait accepté de se produire à Boiry-Saint-Martin en cet après-midi pluvieux — par intermittence, on entendait les averses cogner sur le toit en tôle —, je devinais que l'opération reconquête n'avait pas eu le succès escompté. Mais qu'importe. Sylvie, fidèle parmi les fidèles, avait, elle aussi, fait le déplacement.

« *Pardonnez-moi jeune homme, y'a mon mari qui m'appelle !* » Pas un instant je n'avais imaginé que Sylvie puisse être mariée. À vrai dire, je supposais jusqu'à la conviction qu'elle était une célibataire endurcie, pour qui François Valéry demeurait depuis 1973 une sorte d'amant fantasmé. Malgré la place considérable que ce dernier occupait dans sa vie, il en restait donc pour un autre homme : « *Quarante-quatre ans qu'on est ensemble et Michel s'inquiète toujours de savoir si je suis bien installée dans la salle,* reprit-elle juste après avoir raccroché. *Parfois, il vient voir le concert avec moi, mais pas tout le temps. Il me dit qu'il en a déjà vu tellement, sauf qu'il ne se rend pas compte que ce n'est jamais vraiment pareil !* » En une phrase, Sylvie avait résumé ce qui sépare l'admirateur du spectateur lambda. Pour sûr, sans qu'elle ne me le fasse remarquer, je n'aurais jamais distingué l'appréhension du chanteur au moment de son entrée en scène. S'il avait été des nôtres, je suis persuadé que Michel n'aurait rien vu lui non plus — pourtant, depuis le temps qu'il se le coltinait, il aurait pu devenir docteur ès François Valéry. Mais comme ça ne le captivait pas outre mesure, il ne pouvait pas saisir ces détails — cette note tenue un peu plus longtemps qu'à l'accoutumée, cette nouvelle bagouse sur l'auriculaire, ce démarrage mal assuré — qui, aux yeux du fan, rendent chaque spectacle absolument unique.

Puisque j'assumais mon incorrigible curiosité et que Sylvie n'était pas cachotière pour deux sous, la conversation progressait sans cesse vers de nouvelles révélations. « *Michel m'attend dans le camion, comme d'hab !* », me signifia-t-elle. J'en étais bouche bée. Vraisemblablement, mon visage trahissait bien la stupéfaction, mais sans traduire avec exactitude les questions qui me travaillaient. « *Bah oui, camion, c'est le nom que mon mari donne à son camping-car ! Il pèse quand même trois tonnes, cet engin ! Maintenant, c'est devenu super chic un camping-car, vous savez ! Tenez, la preuve : même Daniel Guichard en a un ! On l'a même croisé l'an dernier au salon de la caravane, à Montpellier. Mon Mimi n'a pas pu s'empêcher d'aller le voir pour lui demander quelle était la marque de son camion. Un Niesmann-Bischoff, rien que ça ! C'est un peu la Rolls des poids lourds, pour vous donner une idée. Si Michel gagne au loto, il m'a déjà prévenu qu'il s'achèterait le même !* » En vérité, je me fichais pas mal de ce que ferait Michel de son hypothétique butin, du poids de sa roulotte, ou du fait que Guiguiche soit un camping-cariste de luxe. Ce qui me coupait le souffle, c'est qu'après toutes ces années de vie commune, le mari persistait à jouer les accompagnateurs attentifs.

Le concert touchait à sa fin. J'avais apprécié la performance de l'artiste, sans doute plus que de raison. Il m'apparaissait évident que la passion communicative de ma voisine n'était pas étrangère à mon ressenti. Au moment du rappel et avant de quitter la scène pour de bon, François Valéry lui adressa un clin d'œil appuyé. Elle se tourna vers moi, façon de dire « *tu vois, mon grand, c'étaient pas des carabistouilles que je te racontais !* », mais sans en rajouter dans la fanfaronnade. Contrairement à l'écrasante majorité des groupies, Sylvie savait rester à sa place. Avec un plaisir intact, elle accueillait les petits suppléments d'affection que voulait bien lui offrir sa star, n'en réclamant jamais davantage. Puis elle nous salua sans s'attarder. Au fond, nous n'étions qu'une causette de plus dans son parcours d'admiratrice itinérante, tandis que c'était la première fois que je rencontrais une fan comme elle. Tellement raisonnable dans sa déraison.

Je la regardai s'en aller, la suivant à bonne distance. Devant la salle polyvalente, elle retrouva un grand type à moustache — Michel correspondait trait pour trait au portrait-robot que j'avais dessiné en moi-même. Dans une paluche, ce grand échalas un rien pataud ajustait un parapluie qu'il installa au-dessus de la permanente rousse de son épouse ; dans l'autre, un clope — c'était le genre de gaillard à employer ce mot au masculin, signe qu'il n'était pas tout jeune — à peine entamé, qu'il écrasa illico sous sa semelle — signe qu'il était définitivement trop vieux pour avoir intégré les enjeux écologiques du troisième millénaire.

Débarrassé de sa cibiche, Michel s'empara de la main de Sylvie qui devisa en sa direction jusqu'à ce qu'ils arrivent à hauteur du camion, où chacun grimpa de son côté. Sans doute lui racontait-elle le concert, et peut-être même que ça allait durer comme ça jusqu'à leur retour dans l'Aube. Trois heures pour raconter les moindres détails d'un récital d'une heure trente, c'est vraiment un truc de fan. Je figeai alors l'image ultime du bonheur. J'en fis une projection. Joséphine et moi, quarante ans plus tard, à la sortie de la salle des fêtes d'un patelin au nom imprononçable, après avoir assisté au come-back d'un M. Pokora désormais bedonnant. Claude François ne cessera donc jamais de se réincarner…

16. Alors que l'on s'est tant aimés

Tous ces procès que tu m'intentes,
Pour un passé que tu t'inventes,
Alors que l'on s'est tant aimés.
Ces mots trouvés dans les ordures,
Que tu me lances à la figure,
Alors que l'on s'est tant aimés.

Parmi les meurtrissures provoquées par la trentaine de mots qui composaient son message, savoir que je disposais d'un temps inextensible était certainement la plus aiguë de toutes. J'ai toujours eu horreur des rendez-vous dont on programme l'achèvement. En vérité, elle avait planifié ce moment que j'espérais depuis des semaines comme un médecin cale une consultation entre deux autres — beaucoup plus importantes, qui plus est. Sur le coup, ça m'avait presque donné envie de décliner. Notre histoire ne méritait-elle pas mieux qu'une heure, une heure et demie tout au plus ? Joséphine semblait vouloir plier l'affaire au plus vite, avant de plier bagage, sans doute pour toujours — elle m'avait souvent dit qu'à terme, elle espérait s'installer à l'étranger. Au final, cet instant que j'avais tellement désiré virait à l'humiliation avant même d'avoir commencé. Vers dix heures, je me mis en route pour la rejoindre. J'avais l'impression d'être dans la peau de François Valéry, juste avant de monter sur la scène de la salle communale de Boiry-Saint-Martin.

Je m'arrêtai devant l'appartement, mais pas comme d'habitude. En effet, alors que pendant trois ans je m'étais invariablement stationné de l'autre côté de la rue, devant notre garage, j'optai cette fois-ci pour une place sur le trottoir d'en face. Malgré le panneau manuscrit que je laissais toujours sur mon pare-brise pour indiquer que je vivais dans cet immeuble et que, par conséquent, je n'obstruais la sortie d'aucun autre véhicule que celui de Joséphine, ma voiture avait été enlevée à deux reprises au cours des derniers mois. Les employés de la fourrière pressentaient sans doute que mes jours étaient comptés — peut-être était-ce une façon de sonner le tocsin ? Sur le coup, je n'y avais décelé aucun signe et j'avais même manqué de reconnaissance à leur égard. Cela étant, je ne leur en avais pas tenu rigueur non plus. Il faut dire que je ne m'étais jamais trop soucié de ces choses-là, ce qui pouvait d'ailleurs agacer ma chère et tendre — elle ne comprenait pas que je puisse être aussi négligeant concernant l'argent, l'administratif, ou tout autre chose qui n'était pas un vinyle. Ainsi, j'oubliais mes clés environ un jour sur deux. Le plus souvent, au bout de quelques secondes, elle m'appelait pour m'en avertir puis me rouvrait la porte d'une façon mécanique, tant mes omissions étaient devenues de l'ordre du non-événement. Dans ces moments-là, elle n'avait pas d'attention particulière et ne relevait même plus ces anicroches quasi quotidiennes — les premiers temps, à l'instar de ma mère, elle me disait qu'un jour je finirais par oublier ma tête.

Aujourd'hui, alors que je ne l'avais pas revue depuis précisément neuf semaines, elle me fit entrer de la même manière, machinalement. De surcroît, elle se trouvait au téléphone.

Pendant que je pénétrais à tâtons dans l'appartement, elle avait rejoint la cuisine ouverte d'un pas vif, exhaussée par le claquement de ses talons sur le parquet, tout en continuant sa conversation comme si de rien n'était. À l'observer de dos, écouteurs vissés sur les oreilles, en train de s'affairer au nettoyage de son robot ménager, l'idée qu'elle ait organisé ce coup de fil pour éviter le malaise de nos retrouvailles me traversa l'esprit. Me concernant, la combine ne prenait pas ; en sa compagnie, je n'avais jamais ressenti une telle gêne. Je me tenais debout, de l'autre côté de l'îlot central, et tous mes membres étaient d'une raideur extrême. Afin de me donner une contenance, j'avais gardé mon smartphone dans une main et mes clés dans l'autre. Inconsciemment, je craignais peut-être de succomber à l'envie de la serrer dans mes bras ; à moins que ce fût la peur d'oublier mes affaires en repartant. Dans les deux cas, je redoutais mon inconséquence.

Au bout d'un instant interminable et alors qu'elle était toujours en ligne, elle pivota à cent quatre-vingts degrés ; on aurait dit qu'elle voulait vérifier si je me trouvais encore dans la pièce. À son grand désarroi, c'était le cas ; quand bien même aurais-je envisagé la possibilité d'un départ, mes muscles étaient tellement tétanisés que j'aurais été incapable de me mouvoir. Cela dit, pour être tout à fait juste, son comportement exprimait une telle neutralité que je ne parvenais pas à sonder son ressenti quant à ma présence. Lors de son demi-tour, nos regards se croisèrent pour la première fois. Elle me fit un signe de la tête indiquant que je pouvais m'installer sur le tabouret de bar qui se trouvait juste devant moi. Nous en étions là : après avoir osé toutes les audaces, j'attendais son assentiment avant de m'asseoir.

Dans l'appartement, rien n'avait vraiment changé. Mes vinyles n'avaient pas bougé et tout était à sa place, sauf Joséphine. Elle ne s'était jamais tenue aussi loin de moi, aussi bien physiquement que par son attitude. Elle était hors de portée. Juste après avoir raccroché, elle m'adressa enfin la parole : « *Désolée, j'étais avec Camélia…* » — en plus d'y mettre un terme précipité, il fallait donc également que celle-ci empiète sur nos retrouvailles. Je n'avais pas réagi à ce préambule ; à l'image du reste de mon corps, ma mâchoire semblait totalement verrouillée. Après tout, que pouvais-je répondre à ça ? Dans le meilleur des cas, j'aurais montré le pire visage qu'elle ait connu, celui d'un mauvais perdant saturé de morgue. « *Ah, cette sacrée Camélia ! C'est bien que tu la revoies plus souvent, vous avez du temps à rattraper toutes les deux ! En plus, tu dois avoir pas mal de choses à lui dire. Tu ne veux pas que je te laisse un peu d'argent pour payer l'addition ?* » Et puis, peut-être que j'aurais été capable d'aller encore plus loin ? Il était évident que depuis notre séparation, je ne m'appartenais plus.

Joséphine commença alors un long monologue. Elle prenait le temps de choisir ses mots, ce qui n'évitait pas certains contresens ; que je ne corrigeais même pas, preuve qu'un fossé s'était creusé entre nous. J'étais marqué par la tranquillité de façade qu'elle paraissait s'imposer pour camoufler d'autres sentiments. C'était comme une mer apaisée, juste avant l'apparition de vagues irrépressibles. Étant donné que je la connaissais encore un peu, je pouvais distinguer la tempête dans son calme. Sans que je n'intervienne, sa voix grimpait régulièrement d'un demi-ton, son débit s'accélérait, et ses mots semblaient choisis avec de moins en moins d'attention ; désormais, elle répétait souvent les mêmes. Elle paraissait débordée par une colère insaisissable et faisait montre d'une immaturité émotionnelle qui, dans l'absolu, ne me surprenait pas tant que ça — bien que je fusse sidéré d'en être la cible.

En y réfléchissant bien, j'étais conscient qu'elle n'avait jamais su gérer les crépuscules, que ce soit sur le plan professionnel ou dans sa vie privée. Dans ces moments-là, tout renier semblait être sa seule issue. Au début de notre relation, elle me comparait souvent — et c'était toujours à mon avantage — avec son précédent compagnon dont elle s'était séparée après quelques années de vie commune. Je n'arrivais même pas à m'en réjouir. Je la reprenais systématiquement, lui signalant qu'elle ne pouvait pas se montrer aussi sévère avec un type qu'elle avait follement aimé. Même si elle s'en défendait, je savais qu'elle n'était pas capable de s'éprendre autrement. Je crois que derrière cette morale dispensable, j'étais surtout inquiet à l'idée d'être la prochaine victime de ses impitoyables parallèles, le jour où un autre prendrait mon tour…

17. Une île

Une île, entre le ciel et l'eau.
Une île, sans hommes ni bateaux.
Inculte, un peu comme une insulte.
Sauvage, sans espoir de voyage.
Une île, cette île, mon île, c'est toi.

Avec Joséphine, il n'y avait jamais d'ennui. Surtout lorsque l'on se retrouvait rien que tous les deux, pelotonnés dans notre cocon lillois. Si près, si loin du monde. De là, j'avais le sentiment que notre tandem — je lui répétais toujours que nous formions une « *bonne équipe* » — se suffisait à lui-même, sans pour autant renoncer à la société de façon trop radicale. Ainsi, j'envisageais cet endroit comme une presqu'île. Naufragé volontaire, j'appréciais notre solitude à deux. Le week-end, il arrivait toutefois que Joséphine veuille regagner — bien qu'à mes yeux, ce ne fût pas une victoire — la terre ferme pour une bamboche étudiante, à laquelle je finissais toujours par l'escorter. Non pas que je fusse inquiet d'elle ; seulement terrorisé par l'effet de sa beauté sur les autres.

Du reste et véritablement, elle tenait à ce que je l'accompagne. Pour me remercier ou me donner du courage avant cette pénible veillée, elle voulait me faire l'amour. À l'évidence, je ne pouvais rien lui refuser, et certainement pas ça. Il était ensuite l'heure de se préparer à vivre ce long tunnel d'interactions sans intérêt. Bien heureusement, je savais qu'au crépuscule de ces réjouissances qui n'en avaient que le nom, j'aurais la faveur d'un autre moment exquis. Cet instant où, même si elle se situait à l'autre bout de la pièce et quand bien même je me trouvais embourbé dans des conversations devenues de moins en moins intéressantes au fil des verres et des heures, mon double me jetterait un regard affidé. L'œillade complice qui viendrait sonner la fin de la fête. Le début de la suite.

Le grand pas de deux pouvait alors s'étendre jusqu'à l'aube. Pour commencer, sur le chemin du retour, nous échangions sur la soirée écoulée avant de changer de cap assez rapidement. À quai, nous empruntions un long couloir qui nous emmenait de la porte d'entrée jusqu'au séjour de notre appartement. Côté droit, dans ce sens de la marche, une étagère massive qui contenait près d'un millier de vinyles accaparait la moitié du corridor, le rendant trop exigu pour poursuivre notre marche parallèle. Nous avancions alors l'un derrière l'autre. Elle devant moi. Mes billes rondes fascinées par une silhouette que j'avais sans cesse l'impression de redécouvrir. Mutine, elle me demandait pourquoi je la regardais de cette façon. En plus de tout le reste, elle semblait avoir des yeux dans le dos.

Je m'arrêtais pour récupérer un vinyle à la volée. Souvent à l'avant-dernière case de cette discothèque rangée par ordre alphabétique, à hauteur de la lettre P. Comme Polnareff. Une valeur sûre. Joséphine l'adorait et avait hâte de le découvrir sur scène. Pendant que je posais délicatement l'album sur notre platine, elle se jetait tout habillée sur le lit. Un instant plus tard, je l'imitais. Là, j'écoutais la musique d'une oreille, ses paroles de l'autre — voilà une des rares occasions où je parvenais à effectuer plusieurs choses à la fois. J'ajoutais même une troisième action simultanée en faisant glisser la fermeture éclair de sa robe, tandis qu'elle avait déjà déboutonné mon pantalon depuis longtemps. *La belle voulait sa revanche.*

Dans l'intimité de ce loft où nous pouvions passer des jours entiers à nous aimer, Joséphine avait toujours quelque chose à me dire et j'avais constamment une nouvelle chanson à lui faire découvrir. Le plus souvent, elle était séduite. Au fond, cette première année de relation ressemblait à un début de carrière en fanfare, comme lorsqu'un artiste enchaîne tube sur tube, davantage grâce à la vague d'empathie — médiatique, en particulier — qui le porte, qu'à la qualité réelle de ses productions. Le seul qui lui résistait encore, c'était Michel Sardou, dont l'image agissait tel un repoussoir. Elle n'arrivait pas à voir au-delà. Tout juste lui reconnaissait-elle une aptitude insoupçonnée à la dérision, lors d'une vieille émission des Carpentier : « *Johnny, Eddy et Sardou, en trio sur* Toute la musique que j'aime*, c'est quand même quelque chose !* »

Contrairement à la plupart des vedettes populaires, Sardou n'a jamais été le genre de bonhomme à qui on file une tape dans le dos. Et personne ne s'est risqué, non plus, à l'affubler d'un diminutif ridicule — en un mot comme en cent, il n'avait rien à voir avec Cloclo. D'ailleurs, on ne l'appelle même pas par son prénom, Michel. C'est Sardou. Point. Même si j'admettais qu'il n'était pas franchement commode, je ne baissais pas les bras à l'idée de la convaincre, usant de tous les arguments possibles et imaginables. Je comparais notamment sa façon d'être à sa manière de chanter. De prime abord, son attitude et ses attaques de vers ont ceci en commun qu'elles relèvent du catégorique, du soudain, voire du brutal. Sardou, ça ne prévient pas, ça part. Cela dit, au gré du temps et jusqu'à la rime, on s'aperçoit qu'il s'adoucit, gagne en sensibilité, « *fignole* » — comme disait Fernand, son père. Métamorphosée par un léger vibrato, la voix de stentor émeut. « *On ne peut pas chanter comme ça si on n'a pas un grand cœur !* » lui répétai-je.

De temps à autre, Joséphine voulait elle aussi me faire partager ses préférences musicales. Dans ces cas-là, j'avais l'orgueil du professeur qui ne supporte pas que son élève puisse être force de suggestion. Quand elle me parlait de Florent Pagny, je la rabrouais en lui rappelant qu'il n'avait toujours été qu'un interprète. Ce qui était à la fois faux et stupide — dans l'erreur, j'étais un cumulard accompli. Faux, puisque Pagny a signé la plupart des titres de ses trois premiers albums, dont quelques franches réussites : *N'importe quoi*, *Ça fait des nuits*, ou encore *Rester vrai*. Et stupide, parce que, quoi que j'en dise, j'ai toujours eu beaucoup de respect pour les interprètes qui, très souvent, ont une qualité rare : l'instinct de choisir les bons auteurs-compositeurs. Et par ricochet, les bonnes chansons. Si Sardou — qui avait le chic pour s'amouracher des morceaux les plus obscurs de son répertoire — avait dû décider des siennes, il serait sans doute passé à côté de quelques tubes…

Évidemment, je bondissais quand elle me parlait de Vianney. Lequel, en l'espace de seulement deux albums, était devenu son chouchou. Nous étions allés le voir lors de sa première tournée et tout ce dont je me souviens, c'est qu'il était monté sur scène avec un sacré retard sur l'heure indiquée. Je fulminais. « *C'est pas Elton John, merde !* » J'avais d'autant plus de mal à concevoir cette passion récente que, pour ma part, je n'admirais aucun artiste de moins de soixante ans. À vrai dire, dans mon panthéon personnel, Francis Cabrel faisait figure de minot.

18. J'veux pas qu'tu t'en ailles

Moi qui sais pas bien faire le thé,
Qu'est-ce que je vais faire ?
C'est un détail, mais...
J'veux pas que tu t'en ailles.

Joséphine n'avait jamais su gérer les ruptures et, à croire que l'expérience lui était inutile, elle échouait cette fois encore à rompre *sans se maudire, sans rien casser, ni rien détruire.* Brise-fer débordé par ses nouvelles envies, elle me donnait l'impression de céder à une forme de panique meurtrière : les faits divers fourmillent d'affaires qui reposent sur ce principe. Ici, l'un des protagonistes avait commis un crime sans vraiment le vouloir — admettons-le, à l'insu de son plein gré. Évidemment qu'elle ne souhaitait pas m'assassiner, elle voulait juste sauver sa peau pour ne pas s'éteindre à petit feu. Aussi vite que j'étais devenu l'unique source de son bonheur, il lui avait suffi de quelques semaines pour me transformer en importun qui l'empêchait d'étancher sa soif de liberté. Alors elle avait décidé de tout brûler : notre quotidien, nos souvenirs et mes rares qualités.

Elle possédait un mobile qui aurait pu, si ce n'est la disculper d'une telle brutalité, justifier sa décision. Seulement, pour se défendre de cet acte d'indépendance, Joséphine avait choisi l'offensive à outrance. C'était Virenque au pied du Tourmalet, étourdissant ses rivaux par des attaques répétées. C'était insensé, mais j'avais réellement le sentiment d'être devenu une sorte d'adversaire, voué aux gémonies sans avoir voix au chapitre. Je me trouvais bien incapable d'interrompre le flot de ses reproches. Voilà qu'elle pointait chacun de mes défauts. J'en découvrais certains — ou, plutôt, je découvrais qu'elle les avait remarqués. Celui qui les englobait tous, c'était mon inaptitude à être un adulte. Pendant trois ans, il faut dire qu'elle s'était occupée de tout, surtout de moi. Elle était au four, au moulin, et partout ailleurs où je le lui demandais. Bien entendu, plus elle en faisait, plus j'exigeais qu'elle se démultiplie.

Me revient en mémoire le souvenir de notre premier rendez-vous post-Macumba. Le surlendemain de cette nuit magique, je m'étais réveillé avec une fièvre carabinée, ce qui m'avait conduit, la mort dans l'âme, à vouloir repousser nos débuts dans l'amour — initialement, il était prévu que l'on se retrouve à Lille ce lundi-là. J'avais pris la décision dans le courant de l'après-midi, après m'être enfin extrait de mon lit. Je m'étais traîné jusqu'à la salle de bain pour y interroger mon miroir, qui m'avait renvoyé l'image d'un vieux chien grelottant. Évidemment, il n'était pas question que Joséphine me voie dans ce triste état. Qu'à cela ne tienne, la belle avait insisté, insisté et encore insisté pour me rejoindre à Arras, promettant de prendre en charge ma santé fragile. Quelle jeune femme, au commencement d'une relation pas encore consommée, rêverait de s'occuper d'un gros toutou malade ? Face à tant de ténacité, j'avais fini par céder. Elle avait débarqué avec deux grands sachets débordants de médicaments. « *Je suis passée à la pharmacie !* », m'annonça-t-elle modestement, alors qu'elle l'avait carrément dévalisée. Là-dessus, elle veilla sur moi jusqu'au petit matin. C'était l'origine de sa propre perte — et de la mienne aussi, désormais. Elle avait fait de moi un cabot mal dressé, un enfant roi, une diva du show-biz. Mais, là, face à son courroux asynchrone, je n'avais plus rien de ces monstres qu'elle avait révélés. Tout juste le regard du chien battu.

Joséphine s'apaisa. J'avais enfin la force de réagir, or je craignais de mégoter sur des détails. C'eût été d'autant plus vain que, pour elle, notre histoire semblait définitivement réduite en cendres. Sur le fond, je lui donnais raison sur tout ; sur la forme, elle avait eu tort de ne m'en avoir jamais rien dit. Souvent, quand mes proches lui faisaient remarquer que vivre avec moi devait se révéler une expérience assez pénible, elle les contredisait sèchement, comme si elle se vexait à ma place. Et puis, dans la confidence de notre couple, elle ne se plaignait jamais de rien — en tout cas, pas de moi. La seule chose qu'elle regrettait ouvertement, c'était mon refus catégorique de partir en voyage. Dès qu'elle me proposait une destination quelconque, je répondais qu'on aurait le temps de parcourir le monde le jour où tous mes chanteurs seraient morts. D'ici là, nous avions toujours un concert de prévu pour les jours à venir...

Je m'interrogeais. Avions-nous bien vécu la même histoire ? Derrière son réquisitoire, elle réinterprétait le texte de notre mélodie du bonheur. C'était comme si mes plus beaux disques se mettaient à grésiller. Un mythe qui s'effondrait. Celui de notre équipe gagnante, qui faisait dire à d'autres — lesquels, pour certains, vivaient maritalement — que nous les faisions rêver. Ils voyaient en nous l'emblème de la communication absolue. Un mirage, puisque Joséphine m'avait tout caché du désamour qui serpentait en elle. Après m'avoir consacré trois ans de sa vie, elle avait choisi de s'envoler pour le nord de l'Italie, où elle ambitionnait d'intégrer le Parco

Natura Viva, d'abord en tant que volontaire. Il s'agissait du plus grand parc zoologique du pays, réputé pour son engagement dans la préservation des animaux en voie de disparition. Elle ne se rendait pas compte que j'étais à présent, moi aussi, une espèce menacée. Mais, à ses yeux, j'étais la pire d'entre elles.

À une dizaine de kilomètres d'Arras, l'album *Stylus* — trop beau, trop court — a pris fin. J'ai voulu continuer à écouter William Sheller, mais j'hésite à lancer la lecture aléatoire que me suggère l'application. C'est un jour où on ne supporte plus rien, surtout pas qu'il ait pu écrire *Rock'n'dollars* — et, pire encore, qu'il ait connu le succès avec cette chanson gag. Donnez-moi, monsieur, s'il vous plaît, vos mélos les plus tristes. Brusquement, je décide de m'arrêter sur le bas-côté. Le silence de l'autoradio m'assassine. Alors, à la hâte, je me lance dans l'élaboration d'une playlist avec, à l'intérieur, des chansons couleur cafard. Noir, ce n'est pas encore assez noir. Je veux de l'amoureux maudit, du conjoint abandonné, du mari trompé.

Du Sheller, mais pas que. *Quitte-moi* — c'est fait. *Je t'en remets au vent* — tâchons d'être beaux joueurs. *Pars* — et, j'ai déjà changé d'avis, surtout reviens-moi vite. *Si tu t'en vas* — je sombre et je déraisonne, voilà. *Amour cachets* — vite, un psychotrope. *La ballade de Jim* — attention, Paulo veut mourir. *Je suis malade* — parfaitement ! *Aline* — tiens, ça rime avec Joséphine. *Je viens vendre mon chagrin* — en ce moment, je n'ai pas mieux. *Souffrir par toi n'est pas souffrir* — c'est pire que ça. *Chaque jour de plus* — est un jour de trop. *Cœur perdu* — en morceaux, en lambeaux, au fond des bottes. *Bus stop* — fin du voyage.

Avant de conclure, Qobuz me demande de donner un titre à cette playlist. OK. Ça me vient comme ça. *Chagrins populaires.*

19. Pour que tu m'aimes encore

Fallait pas commencer,
M'attirer, me toucher.
Fallait pas tant donner,
Moi je sais pas jouer.

Puisqu'il est nécessaire de définir un point de départ à ces choses-là, nous étions d'accord pour dire que notre relation avait débuté au Macumba. Par la suite, tout s'était déroulé de façon si limpide qu'il apparaissait difficile de figer les événements sur un calendrier. Voilà déjà un an que je me laissais porter par cet amour en flot continu, *comme de l'eau qui coule.* C'était un torrent de tendresse, d'émerveillement, de petits bonheurs et de grandes joies que rien ne semblait pouvoir tarir. À vingt-cinq ans, je découvrais l'âge d'or. Une vie pour de vrai, chacun pour l'autre, sans compter les jours, ni le reste.

Joséphine n'était pas non plus du genre à calculer lorsqu'il s'agissait de me surprendre, si bien que pour célébrer notre premier anniversaire commun, ma belle avait organisé un week-end à Deauville. Elle n'avait pas consenti à m'indiquer quoi que ce soit de plus, excepté qu'une charmante location — parfaitement fonctionnelle, tout à fait confortable — nous y attendait. C'était déjà un renoncement à la définition même de surprise, mais elle avait fini par s'y résoudre, puisque je l'assommais de mes caprices habituels. *« Si c'est pour aller faire du bivouac sur la plage, ou je ne sais quel délire d'aventurier, pas la peine, autant qu'on reste ici ! »* Du camping à Deauville ? Et pourquoi pas un concert de Dick Rivers à Disneyland !

Je ne m'étais occupé de rien — pas même de conduire. Tout juste avais-je choisi les quelques albums qui accompagneraient notre périple. Je me souviens qu'il y avait *Les bénéfices du doute,* disque mésestimé — peut-être aussi parce qu'il avait entamé un déclin commercial — dans la carrière de Bénabar. *Défoule sentimentale,* mon enregistrement live préféré de Souchon. *La part des anges,* le dernier effort studio signé Philippe Lavil. *La ville ainsi soit-il,* merveilleux album-concept écrit par Yann Queffélec pour son ami Pierre Bachelet. Et *L'ennemi public* de Jean-Patrick Capdevielle — rival intime de Joséphine, s'il en est. Comme souvent, je n'avais pas pensé à elle.

Sur le trajet, j'avais demandé à mon chauffeur de charme les raisons qui nous emmenaient jusqu'à Deauville. Ce choix était signé du sceau de la symbolique, pour la raison que Joséphine tenait à fêter cet anniversaire en trinquant au Martini... mais pas tout à fait les mêmes que ceux du premier jour de nos jours. En effet, elle s'était remémoré qu'au détour d'une conversation quelconque, j'en étais venu — en expert de la digression — à lui confier que l'une de mes idoles avait élaboré un cocktail à son nom : le *Martini Gold Royal by Michel Sardou,* qui figurait uniquement à la carte du bar de l'hôtel Normandy, lieu emblématique de cette station balnéaire huppée. Comme toujours, elle n'avait pensé qu'à moi.

Notre appartement de fortune se trouvait sur une vaste place, que j'envisageais tel l'équivalent deauvillais du rond-point de l'Étoile. Huit rues convergeaient vers son centre peuplé d'immenses jets d'eau. En pénétrant le premier dans ce loft spacieux — ici, tout semblait plus grand qu'ailleurs — situé juste au-dessus du Morny's Café, je trouvai une dizaine de boîtes, soigneusement emballées et posées à même le sol. Une carte manuscrite m'en indiquait le nombre précis : *Douze, comme les douze mois merveilleux que je viens de vivre à tes côtés. Mon amour pour toi n'a fait que grandir, à l'image de ces cadeaux que je t'invite à découvrir dans l'ordre de leur numérotation...*

Les cadeaux n'étaient pas nécessairement numérotés selon leur valeur matérielle, mais plutôt à l'aune du plaisir qu'ils me procureraient. Et, preuve qu'elle me connaissait par cœur, sa classification se révéla absolument parfaite. Ma joie ne cessait de croître au fil des boîtes que j'ouvrais avec diligence. Elle avait mis tellement de temps à penser, préparer et mettre en œuvre cette incroyable surprise qu'elle aurait sans doute espéré que je la savoure davantage. J'en étais bien incapable ; c'était Noël avant l'heure, et j'avais huit ans pour la deuxième fois de ma vie.

Au regard de ceux qui allaient suivre, les premiers présents pouvaient paraître anecdotiques : un marque-page sur lequel était imprimé des photos de nous, un bracelet identique à celui qu'elle m'avait déjà offert et que j'avais perdu, ou encore *D'eux*, l'album mythique de Céline Dion. Ensuite, les trésors — la plupart, liés à ma passion pour la chanson française — s'étaient succédé avec, en point d'orgue, un coffret très rare que je cherchais désespérément depuis que nous avions assisté à la renaissance — momentanée — du phénix sur scène : l'intégrale de Renaud en vinyle. Vingt-et-un disques *pour moi tout seul.*

Quelques semaines plus tôt, je l'avais effectivement entraînée au Zénith de Paris pour observer l'oiseau. Il y avait assurément une part de voyeurisme là-dedans : je n'étais pas un aficionado de l'artiste, mais je voulais savoir si Renaud était toujours — un peu — Renaud. J'avais pénétré dans la salle en adoptant la posture de l'inspecteur des facultés égarées. Oui, le regard du chanteur était intermittent – souvent éteint, il s'illuminait de façon sporadique. Bien sûr, la voix était usée jusqu'au filtre de ses Gitanes. Mais qu'importe. Le public, qui chantait à l'unisson, constituait un *backing vocal* des plus bouleversants. Autour de nous, sept-mille gueules d'aminches de tous âges s'époumonaient pour épauler leur frangin vacillant. D'ailleurs, l'un d'entre eux avait brandi une pancarte : *Renaud, on te soutient et on t'aime !* Un témoignage d'affection auquel la teigne aux cheveux gris-jaune avait répondu assez vivement : « *Merci, mais on ne soutient que ceux qui tombent.* » Au moins, l'orgueil était intact.

Après avoir enveloppé Joséphine de « *merci* » — je répétai ce mot bêtement, tant l'émotion semblait avoir effacé tous les autres de mon vocabulaire — et d'étreintes pendant de longues minutes, vint le temps des innombrables questions. Idée, conception, organisation, logistique, jusqu'à l'expédition du colis dans cet appartement de Deauville, je voulais tout savoir, et surtout comment elle avait dégoté le coffret tant désiré. « *Je suis allée chez l'ennemi !* », m'avoua-t-elle, désignant un disquaire lillois où j'avais promis de ne plus jamais remettre les pieds.

Je reprochais au patron d'avoir abusé mon père, profane de l'argus discographique, concernant un album des Who prétendument *collector* et refourgué pour trois fois sa valeur. Papa, fier comme Artaban lorsqu'il s'agit de vanter ses acquisitions, avait débarqué chez nous la mine triomphante : « *Les jeunes, j'ai fait l'affaire du siècle !* » Évidemment, je me faisais Tibère, même si Joséphine m'en défendait — en pareil cas, elle me priait toujours de le laisser profiter de son bonheur, comme elle disait. Toujours prompt à jouer le rabat-joie de service malgré les recommandations de ma bonne fée, j'avais repris le paternel de volée. « *Premièrement, le mec t'a roulé. Deuxièmement, je te rappelle que t'as pas de platine.* »

« *J'espère que tu ne t'es pas fait avoir, toi aussi !* », la sermonnai-je presque, fidèle à mon personnage – en fait, je n'ai jamais supporté l'idée que d'aucuns puissent tirer profit de la naïveté des miens. Là, Joséphine m'expliqua qu'immédiatement après avoir repéré le coffret dans l'échoppe, elle s'était renseignée sur sa valeur. Le disquaire, qui était visiblement un gars constant dans la malhonnêteté, avait triplé les enchères par rapport à la cote indiquée sur les sites spécialisés qu'elle venait tout juste de consulter. « *Je lui ai dit que c'était un peu cher, mais que je repasserais le lendemain, m'avait-elle exposé calmement. J'ai fait ça pendant trois semaines, tous les jours. À chaque fois, il baissait le prix d'une vingtaine d'euros...* » Au final, elle avait eu le type à l'usure, et le coffret à bon compte. Cet acharnement méthodique ne m'étonnait pas d'elle.

L'interrogatoire avait continué au bar, après avoir goûté le Martini estampillé Sardou ; il était à l'image de son créateur, autrement dit sacrément robuste. « *Au fait, pourquoi cet album de Céline Dion ?* » Elle m'avait répondu que *D'eux* était le disque qu'elle emporterait avec elle sur une île déserte — toujours cette envie de robinsonner ! Même dans ces moments-là, je ne pouvais pas m'empêcher de la taquiner. « *Tu sais que ça te fait un point en commun avec chacune de mes ex ! Elles aussi, adoraient cet album ! Moi qui pensais avoir trouvé une nana différente...* » J'exagérais, mais pas tant que ça. Depuis une vingtaine d'années, *D'eux* avait bouleversé toutes les filles quel que soit leur âge. Un album écrit sur-mesure par Jean-Jacques Goldman — en plus de posséder un talent hors du commun, ce garçon était sans doute doté d'une part de féminité bien supérieure à la moyenne

— qui avait remporté un immense succès, au point de devenir le plus vendu de l'histoire en France.

Empêcheur de tourner en rond devant l'Éternel, je mis un point d'honneur à lui signaler que son disque fétiche avait souffert d'un mixage jugé atroce par Goldman lui-même. Cet ultime processus de création — avec le mastering — avait été confié à Humberto Gatica, l'ingénieur du son *made in USA* de Michael Jackson, Barbara Streisand, ou encore Tina Turner. C'est vrai que Gatica n'avait pas fait dans la dentelle, poussant la voix de la diva par-dessus bord, au point de noyer les arrangements — disons, plus subtiles — du *frenchie*, qui s'en était trouvé bien malheureux. Nul doute que depuis, les dix millions d'exemplaires écoulés l'auront consolé, au moins en partie.

Joséphine, qui ne s'en laissait pas compter, argumentait en faveur de son album de chevet. « Pour que tu m'aimes encore, *quand même ! Là, je ne vois pas ce que tu peux trouver à redire ! C'est la déclaration d'amour absolue cette chanson !* » Elle m'expliqua que si elle devait un jour me reconquérir, regagner mon affection, raviver mon désir, elle aimerait être capable de me dire les mêmes mots, de réaliser les mêmes actes, d'opérer les mêmes transformations. Me reconquérir ? Quelle drôle d'idée ! Je l'aimais pour toujours, ça ne faisait plus aucun doute. J'avais alors rétorqué : « *Merci, mais on ne regagne que ce qui est perdu.* » Tatatin !

20. La chanson des adieux

Est-ce que tu l'as vue la vie,
Quand elle se taille en douce ?
Ça m'fait plus marrer ma douce.

Ce matin, le Johnny Cash français est mort. Quelques minutes après l'annonce fatidique, un reporter mal embouché roule sur le Rivers. Heureusement, on ne meurt qu'une fois. Dans son papier, le scribouillard pressé — à coup sûr cette funeste nécrologie sortait du tiroir — empile les clichés qui ont fait la légende, un peu grotesque, du personnage. En substance, il dresse le portrait d'un fanfaron — débutant chacun de ses appels téléphoniques par un tonitruant « *Salut ! C'est le roi !* » — pas franchement connecté à la réalité. « *Les soixante balais de Johnny au Parc de Princes ? Mouais,* aurait bougonné le king autoproclamé en réaction à un article que consacrait ledit journaliste à cet événement. *Tu sais où j'ai fêté mes cinquante ans, moi ? À Disneyland ! Tu te rends compte, j'ai chanté à Disneyland ! C'est quand même autre chose...* » Very Dick ?

Si je n'ai pas ressenti d'émotion particulière au moment d'apprendre la disparition de Dick Rivers, la compassion ne m'a pas quitté depuis la lecture de cet hommage sans égards, perdu entre railleries et dédain. Voilà qui me donnerait presque envie de monter un comité de soutien. *Réhabilitons Dick Rivers !* J'admets que l'idée de défendre un artiste dont j'ignore tout — à tel point que je serais bien incapable d'ajouter l'un de ses titres à ma playlist — peut surprendre. Mais je supporte assez mal cette mise en boîte embusquée qui survient trop tard ou trop tôt ; y'a pas d'heure pour les lâches. Quand le chat sauvage n'est plus là, les souris dansent...

Réflexion faite, j'ai déjà entendu au moins deux de ses succès : *Nice baie des anges* — hit-guimauve signé Didier Barbelivien — et *Faire un pont* — adaptation inspirée d'un succès de John Denver. Voilà un texte qui m'a toujours parlé, tant il fait écho aux édifices absurdes que j'ai longtemps bâtis pour les filles dont je m'amourachais. Sans raison, souvent. Et sans succès, toujours. Il faut dire qu'avant Joséphine, je n'avais d'yeux que pour celles qui, en règle générale, ne daignaient même pas m'adresser un regard. Au mieux je devenais une doublure, un second rôle, une solution de repli.

Il y a plusieurs années, je m'étais notamment épris d'une jeune femme aux allures de forteresse imprenable, à la fois sublime et silencieuse. À l'époque, nous suivions les mêmes études supérieurement inutiles et fréquentions les mêmes cours, où il nous arrivait parfois d'être installés côte à côte — heureux hasard de l'alphabet. J'étais littéralement paralysé par sa beauté. Pendant longtemps, je n'ai pas osé quoi que ce soit, pas même tricher par-dessus son épaule. Et puis, un — très — beau jour, vers la fin de l'année scolaire, c'est elle qui engagea la conversation. Brusquement, sans que je m'y sois attendu, Clara me parla de son enfance solitaire dans une commune de l'Oise, de ce père aux abonnés absents, de cet ami de la famille aux gestes déplacés et de ces amoureux apocryphes qui n'avaient jamais su voir au-delà d'un physique — aveuglant, il est vrai.

Dans ma tête, ça faisait des mois que je lui inventais une vie. Et voici qu'en une poignée de minutes, elle m'en révélait une autre, beaucoup plus triste que tout ce que j'avais pu me figurer. La seule chose que j'avais devinée, quand même, c'est que la demi-mesure lui était étrangère. Un ressenti fondé au regard des notes qu'elle obtenait, toujours à la lisière de l'excellence ou de la nullité, sans entre-deux possible. Tout ou rien. Dans son rapport aux autres, c'était sans doute un peu pareil. S'épancher ou se taire. Au fond, qu'elle effleure les limites de l'impudeur ne m'embarrassait pas tant que ça ; au contraire, je confesse que cet exorde sans préliminaires caressait mon ego — je devais certainement lui inspirer confiance, et j'y percevais un signe encourageant. Et puis, par sa témérité, elle rattrapait le temps que ma timidité nous avait fait perdre…

Il n'était plus question d'égarer sa jeunesse ni la mienne. Dorénavant, je voulais agir. Dans cette existence froissée par mes sinistres semblables, j'avais frayé l'opportunité de lui prouver que non, les hommes n'étaient pas tous les mêmes. Et que s'il n'en restait qu'un à demeurer résolu et sincère, je serai celui-là. Renseignements pris, je savais qu'elle passait l'été dans la région — elle était *barmaid* dans un établissement trop branché pour moi, job d'appoint qui lui permettait de financer ses études. Pour l'avoir observée, j'avais également remarqué qu'elle vivait dans la résidence étudiante située juste en face de l'école. C'est ainsi que chaque matin de cet été trop loin d'elle, je déposais une rose dans la boîte aux lettres qui portait son nom, mettant un point d'honneur à cultiver mon anonymat. Ne dit-on pas que la véritable générosité s'offre sans espoir de retour ?

À la rentrée, je ne sais plus si celui qu'elle m'adressa était de manivelle ou de bâton, mais ce dont je me souviens, c'est qu'il me laissa groggy pendant un bon bout de temps. Alors que j'étais planté devant le distributeur de boissons, fébrile à l'idée de nos retrouvailles, elle se précipita vers moi dans un effet de ralenti. J'étais enfin la tête d'affiche de la plus belle des comédies romantiques — je ringardisais Hugh Grant et elle surclassait Meg Ryan. Hélas, la suite s'apparenta au pire vaudeville du monde : « *Paul ! J'ai tellement de choses à te raconter ! Tu te souviens de notre conversation, avant les vacances ? Tu avais raison, j'avais tort de ne plus y croire ! Le mois dernier, j'ai rencontré un garçon formidable, doux, attentionné. Je te dis ça, c'est entre nous, mais il me fait beaucoup penser à toi. C'est un vrai romantique, lui aussi. Jack vient me récupérer ce soir après les cours, ça me ferait plaisir de te le présenter !* » Je n'avais pas donné suite. Comme quoi, ma générosité avait ses limites. Et puis, à vrai dire, je suspectais ce zigue de s'être approprié le coup des roses…

J'étais à l'amour ce que Dick Rivers était au rock hexagonal. Nous vivotions comme deux ombres dans celles des Johnny, des Eddy, et des Jack — ces vieilles canailles qui gagnent toujours à la fin. *Born to lose* jusqu'au bout du bout, Dick avait même trouvé le moyen de se faire voler la vedette le jour de sa disparition par Jean-Pierre Marielle, l'autre défunt célèbre de ce triste mercredi d'avril. Comble de l'humiliation, ce même journaliste qui avait piétiné le chanteur quelques heures plus tôt, cette fois, encensait le comédien. Le croque-mort était partial et sa victime, réduite au silence éternel, définitivement inapte à sa propre défense. Cela dit, il suffisait de tendre l'oreille pour discerner la voix d'outre-tombe de l'homme au crin corbeau : « *Marielle a eu un Molière pour son rôle du vieux patriarche dans* Le retour d'Harold Pinter *? Bof ! Je te rappelle que j'ai joué l'inspecteur Lévy dans un film de Mocky !* »

21. Sans remords ni regrets

On m'a aimé si fort,
Je peux dire sans remords,
Je l'referai encore.
Et j'recommencerai,
Sans remords ni regrets.

C'était le deuxième jour d'une année qui démarrait sous les pires auspices. Sur la liste de mes idoles, Michel Delpech était le premier à se faire la malle, et j'avais beau y être préparé, je vécus cette annonce comme la fin d'un monde : celui de l'enfance et des superhéros qui la traversent. Les miens n'étaient donc pas invincibles, et même Joséphine, qui me protégeait de tout depuis notre rencontre, n'avait pas le pouvoir d'offrir l'immortalité aux chanteurs que j'admirais tant. Tandis qu'elle étrennait ses proches et que pour moi les vœux de prospérité n'avaient déjà plus de raison d'être, je m'étais retrouvé seul avec ma peine, mes souvenirs, et les éditions spéciales que consacraient les grandes radios nationales à ce « *monument de la chanson française* » — qu'ils rabâchaient dans le poste.

Sur les chaînes d'information en continu, l'antenne avait également été interrompue afin de saluer la mémoire de l'artiste statufié. Pour ce faire, les jeunes journalistes empruntaient inlassablement les mêmes chemins de traverse : le succès fulgurant, la dépression sinueuse, le retour triomphant à la faveur d'un album de duos et le cancer pour destination. Personne n'était venu mettre un coup de pied dans la montagne — russe — d'une vie réduite à ses confins. Je fourmillais de paradoxes en dedans, à la fois affligé par la qualité — ou plutôt, la médiocrité — de l'hommage qui lui était rendu, et bouleversé par la dimension de celui-ci. À vrai dire, l'émotion que suscitait la mort de Michel Delpech était presque démesurée au regard de l'intérêt porté à ses nouvelles productions depuis une quarantaine d'années ; il fallait remonter au mitan des seventies pour trouver trace d'un quelconque métal couronnant un album de chansons originales. L'annonce de sa disparition semblait rappeler combien on avait aimé Delpech. Et combien on avait oublié de l'aimer aussi.

La première fois que je l'avais vu sur scène, c'était à l'ancien Théâtre de Neuilly ; lequel, malgré une capacité relativement modeste, comptait un bon tiers de fauteuils inoccupés. « *Je constate que la crise touche même la banlieue chic...* », avait souri le dandy détaché. La question du succès, il semblait l'avoir réglée quelques années plus tôt, lorsque le disque de duos exhumant ses tubes d'antan — un marqueur notable dans sa carrière, j'en conviens — avait atteint la première place des ventes. Pour l'occasion et histoire de lui annoncer la grande nouvelle, son producteur de l'époque organisa une fête surprise dans les locaux du label. Ravagé par l'émotion, Delpech s'était alors isolé dans une pièce fermée à l'écart des célébrations. Effondré, terrassé, il demeura recroquevillé eu sol pendant de longues minutes, incapable d'endiguer le torrent de larmes qui jaillissait du plus profond de lui-même, résurgences des tumultes du passé. À cet instant, sans doute réexaminait-il le serment adressé à ses parents dans la salle à manger du foyer familial de Cormeilles-en-Parisis, où il était revenu s'installer au plus fort de sa longue, longue maladie : « *Un jour, je vous le jure, je reprendrai ma place de numéro un !* » Bertrand et Christiane Delpech n'étaient plus là pour le voir, mais la promesse avait été tenue.

Michel demeurait l'un des chanteurs préférés de ma mère, et c'est pour lui faire plaisir que j'avais pris des places pour le concert de Neuilly. Contrairement à la plupart des artistes qu'elle appréciait, je crois qu'il ne lui était jamais venu à l'idée d'assister à l'un de ses concerts ; peut-être le réduisait-elle, de même que d'autres (in)fidèles de la première heure, à sa gloire d'autrefois. Comme si le Delpech post-dépression, avec ses cheveux en moins et ses kilos superflus, n'avait plus rien du prince charmant de ses débuts. C'était une erreur de le penser et il l'avait prouvé ce soir-là ; il était évident que la séduction opérait toujours à plein régime. Quant au spectacle, il était imparable, et même à la limite de la complaisance envers cet auditoire qu'il comblait de ses plus grands succès.

Peu avant le rappel, il avait marqué un temps d'arrêt, sollicitant une sorte de dérogation auprès de l'assistance. « *La chanson qui vient est plus récente et elle n'a pas été un tube, loin de là. D'ailleurs, je sais que la plupart d'entre vous ne l'ont jamais entendue. Mais, si vous le voulez bien, j'aimerais vous la chanter parce que je l'aime beaucoup...* » *Jaloux* — c'était son titre — n'avait rien à envier aux autres chansons qui composaient son tour de chant, tant elle possédait les agréments du tube, à ceci près qu'elle n'avait pas rencontré le public. Les temps avaient changé et les radios — qui ne jouaient plus les nouveautés de Delpech depuis longtemps — aussi. J'avais roulé jusqu'à Arras avec cette mélodie obsédante dans la tête, si bien qu'une fois rentré, je m'étais précipité pour commander l'album sur lequel elle figurait. Aussi vite, *Comme vous* devint — pour paraphraser Joséphine, que je ne connaissais pas encore — le disque que j'emporterais sur l'île déserte où je n'avais pas l'intention de m'aventurer. J'étais totalement troublé par cette découverte, sans tout à fait pouvoir en déchiffrer les raisons. On dit souvent que la passion ne s'explique pas, mais qu'elle se vit. En l'occurrence, elle s'écoutait. Tous les jours. De la première à la dernière chanson.

Incapable d'aimer dans la mesure, j'achetais régulièrement d'autres exemplaires — par lot — que j'offrais autour de moi à la moindre occasion. C'était devenu mon cheval de bataille, ma cause perdue, mon combat quotidien : faire découvrir *Comme vous*. J'ai rapidement compris qu'il était nécessaire que je me donne une contenance militante auprès de ceux qui ne savaient pas toujours accueillir cette libéralité ; en retour, je percevais la plupart du temps une forme d'incompréhension, que l'insipidité de mon argumentaire ne faisait que renforcer. Par exemple, j'alléguais fièrement que *Comme vous* avait obtenu quatre clés dans Télérama — journal que j'avais l'habitude de fustiger pour son élitisme prétentieux en matière de culture. La stratégie n'était pas franchement payante. « *Depuis quand tu te réfères à ce qui est écrit dans Télérama, toi ?!* » Pour convaincre, il m'apparaissait donc indispensable d'en savoir davantage sur cet album, énigmatique à bien des égards ; outre les éloges de la presse branchée, *Comme vous* s'illustrait par une atmosphère folk peu habituelle dans la discographie de Delpech. Je devinais que Laurent Foulon, dont je n'avais jamais entendu parler, mais qui était crédité en tant que compositeur et réalisateur de toutes les chansons du disque, détenait sans doute les clés du mystère.

Tout s'était joué au début du millénaire lorsque Foulon, *songwriter* talentueux, mais désabusé par une industrie artistique qu'il avait touchée du doigt dans les années quatre-vingt-dix, s'était retiré le long du canal de Bourgogne. Il œuvrait maintenant à mille lieues du show-biz, et s'il ne voulait plus entendre parler de musique, l'éclusier — à présent, c'était son job — n'avait pas pu passer à côté de *Cadeau de Noël,* dernière livraison en date du père Michel. Et pour cause : le trentenaire était originaire de Cormeilles-en-Parisis, fief autoproclamé du chanteur. Là-bas, Delpech était resté l'enfant du pays, l'idole qu'on évoquait toujours avec une émotion inaltérée, à travers les sempiternelles mêmes anecdotes. En réalité, Delpech n'ayant pas vécu très longtemps dans le village, le stock d'histoires à raconter s'épuisait assez vite. On pointait du doigt la boulangerie dans laquelle il achetait son pain au chocolat, on retraçait le chemin qu'il empruntait pour se rendre au collège de Pontoise, on désignait le disquaire de la rue Thiers où était née sa passion pour la musique. C'était à peu près tout, mais aux yeux des gens du pays, ça suffisait largement pour s'approprier une part de son succès — même si pour *Cadeau de Noël,* l'échec avait été cuisant.

Derrière la déconvenue de cet album conduit — déjà — par un compositeur inconnu venu de Rouen et dont la notoriété n'avait pas dépassé la Seine-Maritime, Laurent Foulon avait flairé la bonne opportunité de revenir dans le jeu des chaises musicales. Delpech, malgré son statut, ne semblait pas se préoccuper de celui des créateurs qui l'accompagnaient. « *C'est un gars qui est resté très simple !* », racontait-on dans le village — où on ne l'avait pourtant pas croisé depuis une vingtaine d'années. Après tout, ça ne coûtait rien d'essayer. D'autant que Foulon avait retrouvé l'envie d'avoir envie. Après avoir récupéré la nouvelle adresse de Michel Delpech, le musicien lui avait envoyé une cassette sur laquelle étaient gravées quelques-unes de ses compositions. Le chanteur avait répondu gentiment, flatté par la proposition, dithyrambique quant au contenu, mais aussi trop découragé par son récent camouflet discographique pour envisager quoi que ce soit. Qu'à cela ne tienne, le ballet des maquettes et des petits mots manuscrits en retour s'étira pendant plusieurs mois. Jusqu'au jour où, avant de monter en voiture pour une course anodine, Madame Delpech intercepta le dernier courrier expédié par le compositeur. Curieuse d'en savoir plus, Geneviève glissa la cassette dans l'autoradio. Puis elle lança, médium de son état : « *Michel, ce type, c'est l'homme qu'il te faut !* »

J'avais trouvé l'histoire savoureuse et j'étais heureux de pouvoir la raconter — voilà qui me dispensait désormais de brandir la critique de *Télérama* en étendard. *Comme vous* suscitait dorénavant un intérêt chez ceux à qui je l'offrais et rien ne pouvait me faire davantage plaisir. Les secrets de création de l'album me le rendaient encore plus délectable, à l'instar de la voix de Michel Delpech mise en valeur comme jamais grâce aux micros-espions de Christophe Marais — un ingénieur du son particulièrement astucieux. Delpech qui doutait de tout, et surtout de lui-même, jugeait cette voix valable, admissible, mais limitée. Tout au long de ce disque, il affichait pourtant un timbre qui touchait au sublime, comme venu d'ailleurs — de l'âme, sans doute. Delpech souscrivait à l'idée, tout en y ajoutant un bémol de modestie : « *Certains crooners, il leur suffit d'ouvrir la bouche pour flanquer le frisson. Moi, si je ne mets pas toute ma sensibilité dans ma façon de chanter, il ne reste rien. Disons que j'ai une voix honnête, tandis que d'autres ont de l'or dans la gorge...* »

Lors du concert de Neuilly, c'était un chat qui semblait lui chatouiller le gosier — j'avais bien interrogé ma mère en quittant la salle, mais elle n'avait rien remarqué de particulier. Après quoi, littéralement foudroyé par le virus Delpech, je guettais chacune de ses apparitions médiatiques. À cette période il était très investi dans la promotion de *L'air de rien*, un film dans lequel il interprétait son propre rôle version has been. Même lorsque j'écoutais ses interviews, j'avais la sensation que son timbre s'altérait, sa diction aussi — comme s'il éprouvait une gêne persistante. Je ne l'ai retrouvé dans son costume de chanteur qu'au tout début de l'année suivante, à l'occasion d'une représentation du spectacle Âge Tendre au Palais des Congrès. J'étais installé au côté d'un grand gaillard, dont la trogne était desservie par deux billes sombres qui lui donnaient un air franchement préoccupant — si les yeux sont le reflet de l'âme, la sienne ne devait pas être très belle.

Le type engagea la conversation d'une façon étrange ; il semblait persuadé que je le connaissais. Il monologuait, soulignant son laïus de ses mains tentaculaires qu'il agitait de façon crispante. Étant donné qu'il n'attendait visiblement aucune interaction de ma part, j'en profitais pour mettre à l'épreuve ma mémoire et retrouver son identité. Au bout de quelques minutes, ça m'était revenu. Il s'agissait d'un journaliste musical qu'on voyait souvent à la télévision. Un spécialiste des chanteurs de variété dont il se targuait d'être l'ami intime. De ce fait, je m'en serais presque voulu de l'avoir jugé aussi vite — s'il avait acquis la confiance de tant d'artistes, ça ne pouvait pas être un mauvais bougre. Quand Delpech était monté sur scène, la voix défaillait nettement. Elle était à peine reconnaissable. Mon voisin s'était alors penché vers moi. « *Ah, ce pauvre Michel a encore bien picolé ce soir ! Je parie qu'il nous refait le coup de la dépression !* » Je m'étais alors promis deux choses. Primo, toujours me fier à ma première impression ; deuxio, me préserver de ce genre d'ami…

Ce fut la dernière apparition de Michel Delpech sur scène. Le lendemain, il annulait sa participation à la tournée

Âge Tendre. Un mois plus tard, il annonçait son cancer. L'année suivante, après une courte rémission, il rechutait. Et aujourd'hui, c'était la fin du chemin. Les témoignages continuaient d'affluer sur les ondes. J'avais le sentiment qu'au fil de la journée, les intervenants étaient choisis avec davantage de soin — je crois surtout que ces derniers, qui aimaient sincèrement Delpech, avaient eu la décence de ne pas se précipiter derrière les micros. Bénabar, évidemment, se montra d'une dignité exemplaire. Marc Lavoine cita certains titres méconnus qu'il adorait, comme *Rock en URSS*. Quant à Didier Barbelivien, ami intime du défunt et grand conteur devant l'Éternel, il évoqua leur collaboration à la fin des années quatre-vingt — *Pleurer le chanteur, Welcome Baby Doc,* ou encore *J'étais un ange* — avant de remettre l'église au milieu du village : « *Permettez-moi d'ajouter une chose. Depuis ce matin, j'entends tout le monde parler de ses tubes, de sa dépression, de son soi-disant come-back. C'est très bien. Cela dit, il y a un élément capital qu'on ne relève pas, c'est son talent de chanteur. Ah, cette voix de velours, qu'est-ce qu'elle me fascinait ! Il pouvait chanter n'importe quoi et le rendre beau, subtil, charmant. Je n'ai jamais vu un artiste avec une telle facilité vocale. Quand nous avons travaillé ensemble, il voulait tout faire et refaire, chanter mieux que mieux, participer au mixage, etc. C'était un tel perfectionniste ! Et ce cancer dans sa gorge, c'était la pire chose pour lui qui aimait tant chanter.* »

J'étais heureux que sa voix soit enfin évoquée de cette façon. En revanche, je commençais à désespérer au sujet de *Comme vous,* dont personne n'avait encore mentionné l'existence. Alors, j'eus envie de lui faire justice moi-même. Pendant de longues minutes, je farfouillai dans ma discothèque, sans succès. Sans doute avais-je offert le dernier exemplaire en ma possession. C'était vraiment une sale journée. Et Joséphine qui dormait chez ses parents, et qui me manquait terriblement. Le lendemain, elle rentra aux aurores, les bras chargés de journaux qui consacraient leurs unes à la disparition de Michel Delpech. Elle les déposa sur la table basse. Puis, avant de m'embrasser, ouvrit son petit sac à main, l'air un peu gêné. Elle me tendit *Comme vous. « Je te l'avais emprunté la semaine dernière, sans te le dire. Je l'ai écouté plusieurs fois, et encore ce matin, sur la route du retour. Je ne m'étais jamais rendu compte à quel point cet album était magnifique. Je crois que j'ai compris pourquoi tu l'aimais autant. »* J'étais consolé.

22. Vivant

J'étais vivant, bien vivant.
Maintenant, je suis quoi ?
Un point dans ton souvenir.
L'avenir est si loin déjà.

Au tour de Nilda Fernández. C'est fou ce qu'on meurt ces temps-ci. *Pas vrai, Joséphine ?* Depuis qu'il y a cette frontière qui s'amuse à nous séparer, la mort n'a jamais été aussi présente dans ma vie. Chaque matin de cette pénible existence noyée dans les regrets, j'ouvre les avis de décès de *La Voix du Nord* pour y guetter ma propre disparition. Elle m'obsède au point que j'en viens à la souhaiter. Tout bien réfléchi, j'y pense depuis ma plus tendre enfance, mais en ce temps-là, c'était surtout celle des autres qui me tourmentait. Je me revois encore dans mon lit, avant de m'endormir, refaire les mêmes comptes de petit cœur inquiet. « *J'ai dix ans, mon père en a quarante-six. Quand j'en aurai quarante-six, il en aura quatre-vingt-deux.* » Je comptais sur mes doigts notre espérance de vie commune. Je n'ai jamais cessé de le faire, quitte à effrayer Joséphine. « *Il faut qu'on fasse un bébé l'année prochaine. Un garçon, oui. Quand il aura dix ans, mon père en aura soixante-douze. Tu crois qu'il pourra encore jouer au foot avec notre fils ?* »

Voilà qu'à présent, je dois faire le deuil de tout. De ce petit bonhomme, des ballons échangés avec mon père, de mon émotion à les observer tous les deux, et de pas mal d'autres choses. Dans ma cohorte d'afflictions, Joséphine se trouve évidemment en première ligne. D'ailleurs, je m'évertue à croire qu'elle est morte, elle aussi. Cette pensée artificielle me rassure, comme si la souffrance de sa disparition fantasmée m'apparaissait moins insupportable que celle de notre séparation bien réelle. Le plus douloureux, dans cette réalité dont je cherche à m'extraire, c'est qu'elle m'est désormais inaccessible, tout en étant à la merci de ces millions d'hommes qui me menacent. Vivante, elle est à la portée de tout autre que moi ; morte, elle devient hors d'atteinte pour le monde entier. Un moindre mal.

Deuil parmi les deuils, il y a celui que j'étais lorsque nous étions. Sans elle, je ne suis plus qu'une moitié. La moins bonne. Un type cafardeux, la silhouette courbée, le cœur qui craque comme un vinyle, la tête rayée, le corps tout engourdi par ce catalogue des doutes que je trimballe à longueur de temps. Mettre un pied dehors me demande une tonne de courage, d'infinies précautions, des heures de préparation — mentale, surtout. Face au miroir, je ressasse des phrases toutes faites au cas où je croiserais le facteur dans le hall de l'immeuble ou, pire encore, une connaissance quelconque qui me demanderait des nouvelles de Joséphine. Murmurer trois mots sans m'effondrer relèverait du morceau de bravoure, alors je m'entraîne, me conditionne, me programme tel un robot. Tiens, j'ajouterais bien *Complainte de la serveuse automate* à ma playlist…

Depuis que son amour n'est plus là pour me donner de l'assurance, je me découvre des peurs irrationnelles et le moindre grain de sable grippe ma sinistre machine. Sur mon téléphone, je reçois un message de l'UGC qui m'informe du renouvellement automatique de ma carte illimitée, dont nous profitions en duo. *Les cinémas UGC vous remercient pour votre confiance. Si vous souhaitez annuler votre abonnement, envoyez Stop.* En moi-même, les délibérations durent des heures entières. Le chagrin m'empêche d'agir. Je réunis toutes mes forces pour taper une première lettre, puis une deuxième, avant de les effacer. Je recommence un peu plus tard, en vain. Me voici incapable de venir à bout de ces quatre misérables lettres, totalement paralysé, transi par l'appréhension absurde de vexer le service client du cinéma, personnage imaginaire dont je redoute la réaction. Aussi, je crains que ma réponse engendre un autre SMS qui m'enliserait encore davantage. *Êtes-vous sûr de vouloir annuler votre abonnement ? En avez-vous informé Joséphine ? Pour confirmer la résiliation, envoyez Adieu le cinoche avec Joséphine.* Comment me résoudre aux adieux ? Je crois que ce qui me terrorise par-dessus tout, c'est l'idée qu'elle revienne un jour, l'air de rien. Qu'elle m'embrasse et me dise : « *Allez, oublions tout ça et allons voir le nouveau Disney !* » Si elle s'apercevait que j'avais résilié, que je m'étais résigné, que je l'avais abandonnée à mon tour, je ne me le pardonnerais jamais.

Je reçois aussi des notifications de plus en plus régulières de Qobuz — qui, Dieu merci, n'appellent pas de réponse. *Félicitations ! Vous avez un nouvel abonné.* Tous les jours, ces dizaines de cœurs virtuels réchauffent à peine le mien. Au plus, ils me rassurent un peu. Je me dis que je ne suis sans doute pas seul à être si triste. Pas seul à être seul. Lorsque j'ouvre l'application, celle-ci me suggère souvent d'autres chansons qui correspondent à mon état d'esprit du moment. J'ai appris récemment que les plateformes de streaming avaient élaboré une intelligence artificielle susceptible de déceler l'humeur corrélée à une chanson. À partir du texte et de la rythmique, elles en devinent sa couleur. Et comme on ne m'a encore jamais proposé *Y'a d'la joie, La ballade des gens heureux,* ou *Les Acadiens,* je me dis que le procédé est plutôt au point. Et, encore une fois, les trois titres qui me sont suggérés aujourd'hui trouvent parfaitement leur place au milieu de mes *Chagrins populaires*. Hallyday, *Ce que je sais*. Mitchell, *J'me sens mieux j'me sens mal*. Dutronc, *Adieu ma vie*. Rivers ? Qobuz semble l'ignorer. Maudit Dick.

23. Le grand retour

C'est le grand retour d'un has-been superbe,
Dont peuvent s'inspirer les idoles en herbe.
C'est le grand retour longtemps redouté,
D'un vieux menteur à la voix veloutée.

J'ai conservé précieusement tout ce qui provenait de ma grand-mère : ses disques, un Teppaz — il avait rendu l'âme quelques semaines plus tôt, mais j'espérais qu'un technicien spécialisé dans la réparation de ces antiquités me le ressuscite — ainsi que le message qu'elle avait laissé sur mon répondeur le jour de ma majorité. Le matin de mes dix-huit ans, juste avant de refermer la porte d'entrée de l'appartement familial, je m'étais délesté de mon téléphone, certain qu'il m'encombrerait. Puis j'avais remonté les quelques rues qui me séparaient de la gare d'un pas soudain léger. Dans les faits, ça faisait un an de plus, mais en moi-même, l'effet d'un poids en moins. Je me sentais enfin libre, bien qu'un peu fébrile sur ce quai désert où j'attendais mon train. C'était un direct vers le monde des adultes ; en quelque sorte la première étape des nouvelles aventures de Paul. J'en étais convaincu, la vie allait commencer pour de bon. Et j'attendais qu'elle soit belle, qu'elle soit drôle, qu'elle soit palpitante, voire — quitte à être triste de temps en temps — qu'elle soit carrément bouleversante. En fait, je rêvais qu'elle ressemble à une chanson d'Eddy Mitchell.

M'sieur Eddy, justement. À l'Olympia, il donnait le soir même ce qui s'annonçait comme l'ultime concert de sa vertigineuse carrière ; je m'étais offert ce cadeau pour célébrer mon passage dans la cour des grands. Il s'agissait d'un événement que je n'aurais raté pour rien au monde, d'autant qu'il cadrait parfaitement avec ma représentation illusoire de l'existence. Je désirais que les émotions fortes s'entrechoquent ? Eh bien, j'allais être servi ! Toute la journée, j'avais trépigné que sonne l'heure, tout en redoutant cet instant fatidique. D'une certaine façon, j'avais l'impression d'arriver à la fin de la fête. D'être né avec cinquante ans de retard. Comment pouvais-je ressentir autant de nostalgie pour une époque que je n'avais pas vécue ?

Même si sa trombine ne dépassait pas des rangs comme celle de son ami Jean-Philippe Smet, Claude Moine occupait une place de choix sur la grande photo de cet âge d'or que je me figurais. D'ailleurs, à mon avis, c'était Eddy le vrai taulier de la tribu. Il avait le pouvoir de rassembler tout le monde — de Françoise Hardy à Claude François, en passant par Alain Souchon — sans se pousser du col pelle à tarte. Dupe de rien, mais badinant de tout, il était celui par qui la déconne arrive. Un modèle de fidélité — aux autres comme à lui-même — dans un milieu où chacun cherche à rattraper la mode en s'entichant du dernier spécimen en vogue. Un bâtisseur d'albums impérissables au milieu des faiseurs de tubes éphémères. Un chanteur hors pair, doté d'une voix à tout accomplir — et donc à tout susciter chez l'auditeur. Pour tout ça et bien plus encore, Mitchell était sans doute le personnage le plus intéressant, le plus fin, le plus aiguisé d'un fourreau qui ne manquait pourtant pas d'épées. Ni second couteau, ni tête d'affiche, mais à une place qui ne pouvait être occupée par personne d'autre. Poulidor du rock pour certains, qui l'ont toujours vu plus petit que son ami de toujours. Et alors ? *Schmoll is beautiful.*

En pénétrant dans la salle, l'allure des spectateurs — en tenue de soirée pour la plupart — m'interpella. Au fond, cette façon de s'apprêter disait tout de l'importance que revêtait l'événement pour ceux qui avaient suivi l'artiste depuis ses débuts au sein des Chaussettes Noires. C'était une grande occasion et chacun brûlait de saluer pour la dernière fois une idole qui, avec son costume trois pièces et sa montre gousset pendue au gilet, ne dépareillait pas. Je n'avais encore jamais assisté à des adieux, mais quelque chose me disait que les siens n'avaient rien à voir avec ceux qui se pratiquaient d'ordinaire au music-hall. D'abord parce que l'Eddy pas gaga — comme avait titré *Libé* le matin de cette ultime séance — s'était largement préservé du combat de trop. Ça ne faisait aucun doute qu'il en avait encore sous la semelle de ses boots en peau de croco. Seulement voilà, il avait préféré prévenir le déclin, certainement par peur de (se) décevoir. Et puis, Mitchell était un sentimental beaucoup trop digne pour verser dans le sentimentalisme.

C'est pourquoi, après deux heures d'un show majestueux, il quitta la scène sobrement, s'épargnant ainsi le goût des larmes. Cela aurait presque été une déconvenue, l'amorce d'un déclin, un coup de canif dans le contrat de pudeur qu'il avait signé avec son public. Lequel — c'était son rôle — avait mis de côté la retenue, scandant à l'unisson le nom d'un héros qu'il regrettait déjà, alors que les lumières de la salle avaient été rallumées depuis un moment. Au bout d'un bon quart d'heure, le jeune retraité du *rock'n'road* finit par réapparaître à travers les rideaux rouges. Il avait eu le temps de se changer et d'enfiler un peignoir bleu à motif, sans perdre un gramme d'élégance — faut le faire ! Le sourire au coin des lèvres et le cœur au bord des yeux, Mitchell siffla la fin de cette chaleureuse veillée. « *Il faut rentrer, maintenant, repos ! Et vous pouvez fumer !* » Tout Eddy.

Cinq ans plus tard, il avait décidé de faire le coup du come-back — bien qu'en vérité, l'annonce de son retrait ne concernât que les tournées, pas les concerts occasionnels à Paris — pour une dizaine de représentations au Palais des Sports. C'était de l'extraball et j'étais heureux que Joséphine soit de la partie. La veille de la première pour laquelle j'avais évidemment réservé deux places — au sixième rang, presque trop loin — dès l'ouverture des locations, je me souviens que mon père m'avait parlé d'une nouvelle application qu'il venait tout juste de découvrir. « *C'est un GPS qui calcule la circulation en temps réel ! Dément, pas vrai ?* » En tout cas, ça m'intriguait suffisamment pour que je décide de l'installer sur mon téléphone. Avant de s'endormir, Joséphine suggéra que nous partions en fin de matinée, option que j'avais balayée aux moyens de ces arguments baroques dont j'avais le secret : « *Eddy, tu vois, il n'arrive jamais dans la salle trois heures avant. Il dit que c'est un truc à se mettre un trac inutile. Bon, d'accord, c'est pas moi qui chante, mais j'ai pas envie d'avoir le temps de me faire trois fois le concert dans la tête avant que ça commence. En plus, avec l'application de mon père, y'a vraiment pas de quoi se précipiter !* »

Le lendemain après-midi, j'avais à peine fini d'inscrire *Palais des Sports* sur le clavier de mon téléphone, que la (mau) dite application me proposa intuitivement un lieu du même nom, qui se situait à deux cents et quelques kilomètres de chez nous. Il y avait un peu de trafic, mais pas trop. Aucune raison de se méfier, et pourtant. À mesure que l'on approchait de la salle, un doute imperceptible s'insinuait en moi. *Vous êtes arrivé à destination,* souffla le timbre synthétique de l'appareil. « *Tiens, c'est marrant, mais ça ne me dit rien* », répliquai-je d'une voix blanche, qui ne traduisait pas du tout l'amusement. En réalité, nous étions bien au Palais des Sports… sauf que c'était celui de Levallois-Perret, résidence des Metropolitans 92, le club de basket local.

Je restais là, planté, en double file, fixant ce grand bâtiment grisâtre d'un air ahuri. Joséphine prononça quelques mots en ma direction, mais je demeurais tellement hébété que j'étais incapable d'en distinguer le sens. Je fus d'ailleurs surpris lorsqu'elle ouvrit ma portière, car je ne l'avais pas vue sortir de la voiture au préalable. « *Allez, dehors, je prends le volant !* » me lança-t-elle avec énergie. Devant mon apathie persistante, elle finit par me pousser sur le siège passager. Je me laissai à peu près manipuler, sans toutefois consentir au moindre effort. J'étais comme un poids mort qu'elle s'échinait à déplacer. Au grotesque de la scène s'ajoutaient les coups de klaxons incessants des automobilistes qui s'impatientaient derrière nous. L'un d'entre eux — trop aimable pour être du coin — vint s'enquérir de la situation, visiblement inquiet. « *Votre copain a fait un malaise ?* », interrogea le type en s'adressant directement à Joséphine – signe que j'avais l'air mal en point, avec mon visage collé contre l'assise du siège passager et mon torse coincé sur l'accoudoir central. Lorsqu'elle lui demanda de l'aider à me déporter, je basculai brusquement mes jambes du bon côté, me redressant daredare — preuve que c'était une sacrée comédie, surtout.

« *Toute façon, on n'y sera jamais, c'est foutu !* » répétais-je inlassablement, tandis que Joséphine roulait à toute berzingue vers le Palais des Sports. Une dizaine de kilomètres séparaient le faux du vrai, et le concert était censé démarrer dans une poignée de minutes. En plus de s'occuper du reste, elle tâchait d'apaiser mes jérémiades. Ça fonctionnait. Peu à peu, je retrouvai un semblant de calme. L'espoir d'assister à ce concert tant attendu, aussi. Depuis qu'elle avait le volant entre les mains, la circulation s'atténuait et les feux étaient toujours au vert sur notre passage. Il n'y a que la météo qui restait capricieuse, perturbant la visibilité de ma conductrice qui, à deux kilomètres du but, se jeta sur une place qui se libérait sous nos yeux. « *On va courir !* », s'exclama-t-elle, anticipant ainsi ma défiance.

Et c'est ce que nous fîmes, remontant l'interminable Boulevard Victor sous une pluie battante, ma main dans la sienne. Comme sa foulée était beaucoup plus soutenue, je la serrais fort pour ne pas me laisser distancer — une fois de plus, c'est elle qui m'entraînait. J'avais vu cette scène au moins cent fois dans les films. À ceci près qu'au cinéma, le plus souvent, les amoureux que les épreuves ont éloignés courent l'un vers l'autre pour se retrouver. Nous avions écrit un scénario différent. Ces épreuves, nous les avions traversées ensemble, et nous cavalions main dans la main pour *retrouver notre héros*. Lorsque nous arrivâmes, l'introduction du big band résonnait déjà, mais Eddy n'était pas encore sur scène. De confortables fauteuils nous accueillirent, en face du micro qui attendait le chanteur de pied ferme. Il apparut un instant plus tard. Le scénario parfait. *Les happy ends, c'est pas qu'dans les films.*

24. Le carnet à spirales

J'ai encore perdu ton amour, tu sais.
J'peux pas me souvenir de ce que j'en ai fait.
Je l'ai pourtant rangé comme il fallait.
C'est pas croyable comme tout disparaît.

Ce matin, j'ai reçu cette lettre à laquelle je ne m'attendais pas. Sur l'enveloppe, mon nom est écrit à l'encre bleue et en lettres capitales, tout comme dans la chanson — merveilleuse, forcément — de William Sheller. Il n'y en a pas de mauvaises dans son répertoire, simplement certaines que j'aime encore un peu plus que les autres. Des préférences qui oscillent au rythme de ses convoitises artistiques, attendu que ce maître du contrepoint excelle aussi dans l'art du contre-pied. Avec le même génie, il peut passer d'un album symphonique conduit par quatre-vingt-huit musiciens — l'immense *Ailleurs*, du cinéma à entendre — à un récital piano-voix — *Sheller en solitaire*. Après un tel triomphe, porté par *Un homme heureux*, beaucoup auraient tiré sur le fil de la balade mélancolique au cordeau. Pas William, qui décide de lâcher la proie pour Londres : dans la foulée, il y enregistre *Albion*, une nouvelle livraison à mi-chemin entre heavy metal et hard rock. De notre côté de la Manche, l'artiste estime que l'on respecte trop sa musique, alors il passe le mot aux requins de studio anglais qui la découvrent à peine : écartez-vous des notes et faites cracher vos instruments.

William Sheller est insaisissable. Et tant pis pour ceux qui, après une impayable histoire de ketchup au mitan des *seventies*, avaient vu en lui une sorte de Tintin au pays des variét's. Quitte à comparer l'incomparable symphoman, il faut plutôt lorgner vers Pacôme, le savant fantaisiste de la bande à Spirou, capable dès la maternelle de construire ses propres ordinateurs. Pour sa part, Sheller parviendra plus tard à dompter *Les machines absurdes*, un album conçu à partir d'engins informatiques à l'état de prototypes qu'il importait des quatre coins de l'Europe. C'est avec ce disque que j'ai approché son univers — je dois dire, totalement par hasard. Ça a commencé par la médiévale *Moondown* — l'histoire d'une jeune fille qui disait *fallait qu'j'men aille* — et ça n'a plus cessé de me parler depuis.

À dix ans, le petit William voulait être Wagner. Son père était américain, né de parents écossais et irlandais, et sa mère française, avec cependant des origines allemandes — ça slalomait déjà pas mal. Le blondinet a grandi, et puisque Wagner était déjà pris, il sera Sheller. Côté pile, un virtuose susceptible de composer une messe de mariage psychédélique, un concerto pour trompette, une symphonie de poche, des musiques de film et de publicité, et même le générique du journal télévisé. Côté face, un homme de scène capable de trouver sa place au milieu d'un orchestre tentaculaire, ou de tenir en respect une foule immense seul derrière son piano. Titanesque ou intimiste. Sophistiqué, mais toujours intelligible. Profondément humain, quoiqu'un rien misanthrope. Discret, dans un show-biz où chacun veut montrer sa gueule. Lui, ne la ramène pas. Ça étonnait d'ailleurs Coluche, qui lui en fit un jour la remarque : « *Tu dis jamais rien. T'es con ou quoi ?* » Non, simplement timide.

Les mots qui viennent tout bas ou qu'on n'ose pas toujours exprimer, William Sheller les a écrits dans ses chansons. Ni gros comme ceux que prononçait Coluche, ni *petits comme des cailloux*. Mais toujours bien taillés, jamais choisis au hasard, tout en détresse retenue lorsqu'il s'agit d'explorer l'atrocité de l'existence. Souvent, à mesure que je découvre l'homme derrière les chansons, j'ai l'impression que le compositeur Sheller mésestime William l'auteur. Et, même si je considère que c'est une véritable erreur de sa part, je ne pourrais en vouloir à un homme qui pèche par modestie ; c'est si rare de nos jours. Quoi qu'en dise l'intéressé, il a restitué par les mots et mieux que quiconque le chagrin qui découle des amours infortunées. Et il aura su me parler, à moi qui n'écoute plus personne. Force est de reconnaître que plus le temps passe et plus je me sens cerné par des tas de gens persuadés de détenir la clé d'une douleur qu'ils ne comprennent pas, pour la simple raison qu'ils semblent incapables d'aimer autant que j'aime — à part quand il s'agit d'eux-mêmes.

Après tout, ils sont dans l'air du temps, solidement ancrés à cette époque qui canonise l'estime de soi, au point d'en faire la cinquième vertu cardinale. Les ouvrages de développement personnel grouillent de ces titres égotiques : *Avoir le courage d'être soi, Penser à soi avant de penser aux autres, S'aimer soi-même.* S'aimer soi-même ? Dans le meilleur des cas, je me supporte. Il faudrait pourtant, à écouter ces juges hors-la-loi de l'amour, que je tire davantage vanité de ce que j'aurais prétendument apporté à Joséphine. J'aimerais, pour commencer, m'exempter de tout ce que je suis persuadé de lui avoir enlevé pendant trois ans. Il est des jours où je me sens étranger à moi-même, aux autres, et à cet empire du contentement à la première personne où l'on se doit d'être satisfait de ce qu'on a fait et de ce qu'on fera. En somme, fier par principe dès lors qu'il n'y a aucune raison d'avoir honte. Les regrets ? N'en parlons pas. C'est une maladie honteuse qu'il est impensable d'exprimer. Autour de moi, tous ces êtres bouffis d'orgueil prétendent qu'ils n'en ont aucun. Moi ils me rongent un par un.

Voilà pourquoi, même au milieu des autres et même quand ils m'aiment un peu, je me sens seul. *Une solitude ordinaire* dont il n'y a que William Sheller pour m'extirper. Aujourd'hui, une fois de plus. Il est une dernière bouffée d'oxygène dans l'étouffement permanent de ma vie. Je distingue, au creux de ses chansons, un sentiment de perdition que j'éprouve infiniment. Elles sont mon miroir. Au fond, si le compositeur a zigzagué sans jamais parvenir à me semer, c'est sans doute parce que l'auteur m'a vissé à son œuvre. Cette œuvre teintée d'un romantisme constant, qui ne clame pas *je t'aime* à chaque ligne et qui ne cache pas ses failles. D'un autre temps, donc. D'un ailleurs où l'air est meilleur. J'ai trouvé dans son répertoire *mon endroit pour (sur)vivre*. Et j'ai eu envie de le lui écrire…

Il m'a fallu du temps avant de me convaincre de le faire ; au début, la peur de l'importuner me paralysait. Et puis, au fil des mois et du réconfort qu'il ne cessait de m'apporter, c'est devenu une nécessité. Tant et si bien que j'ai fini par rédiger deux pages, où la maladresse de mon écriture le disputait à celle de mon propos. Qu'importe. J'ai envoyé la lettre, sans autre ambition que de le remercier. Et ce matin, donc, il m'a répondu. « *J'observe avec une curiosité non dénuée d'émotion l'intérêt que je suscite auprès de votre génération. Vous avez l'âge d'être mon petit-fils, le mien a vingt-deux ans. J'ai envie de vous parler comme je le ferais avec lui. Je suis sincèrement désolé pour votre perte affective. La phrase est banale, mais je comprends ce que vous devez ressentir. J'ai vécu, je connais. La personne que j'aime toujours s'en est allée, mais c'est une longue maladie qui l'a emportée. On s'en remet mieux, je crois.* »

25. Mon Teppaz est en panne

Mon Teppaz est en panne,
Ma boum à l'eau.
Ça c'est vraiment pas d'pot,
J'avais l'nouveau Cloclo.

Sur mon nuage. Depuis trois jours, je n'arrêtais pas de lui reparler du concert d'Eddy Mitchell — je voulais m'assurer qu'elle avait tout bien vu, bien entendu. Un coup de fil me fit soudain redescendre sur terre. « *Allo ! C'est Richard, le réparateur pour vot' Teppaz ! Y'a toujours plus d'son ? Bon, vous m'l'apportez demain en début d'après-midi et y va r'partir comme en quatorze ! Comme ça, j'dirais qu'j'en ai pour une bonne heure. Z'avez d'quoi noter l'adresse ? 48 rue des Bernardins, à côté d'la Sorbonne !* » J'avais pris contact avec lui quelque temps plus tôt, sans toutefois convenir d'un rendez-vous ; lors de cette précédente conversation téléphonique, ce drôle de zigue m'avait retenu pendant pratiquement deux heures pour finalement m'annoncer que son emploi du temps ne lui permettait pas de me recevoir dans l'immédiat.

Ce jour-là, Richard m'avait parlé de tout et surtout de lui, mais il était hors de question d'interrompre l'homme que je considérais comme providentiel. Voilà plusieurs semaines que je cherchais en vain un spécialiste capable de redonner vie au tourne-disque portatif — ce modèle avait l'apparence d'une valise aux angles arrondis — qui m'avait été légué tel un trésor de famille. Évidemment que, pour écouter mes vinyles, je disposais d'une platine moderne qui produisait un son plus clair, plus profond et plus précis que cette antiquité. La réparer relevait avant tout du symbole. Il s'agissait d'un objet qui avait accompagné l'existence de ma grand-mère et je voulais qu'il lui survive encore longtemps.

« Z'allez voir c'que vous allez voir ! Richard, c'est pas d'la p'tite bière ! Le numéro un d'la réparation des Teppaz, c'est moi et c'est pas près d'changer ! » Je n'avais aucune raison d'en douter, d'autant que c'est un marché sur lequel il était en situation de monopole — comme quoi, derrière ses intonations bourrues et les expressions désuètes qui ponctuaient la plupart de ses phrases se cachait aussi un habile communicant. De surcroît, il s'avérait peu probable qu'un autre type sur cette terre ait l'idée d'ouvrir l'annexe d'une marque d'électrophone disparue du temps où Joe Dassin était encore vivant.

Pour faire dans l'euphémisme, disons que Richard était plutôt du genre bavard. Tant et si bien que suite à notre premier coup de fil, j'aurais pu écrire sa biographie en plusieurs tomes. La mort de ses parents dans un tragique accident de voiture survenu à la fin des années soixante-dix constituait le point névralgique de son existence — un traumatisme indélébile. À peine majeur, le jeune homme s'était alors retrouvé à la tête de la boutique familiale spécialisée dans la revente de pickups, mange-disques et autres transistors de l'entreprise française, laquelle venait tout juste d'être placée en redressement judiciaire. Teppaz s'écroulait, mais pas Richard. Lui avait tenu bon. Ainsi et depuis toutes ces années, il honorait la mémoire de ses parents trop tôt envolés ; ce jusqu'au-boutisme me le rendait touchant.

Par ailleurs, d'autres aspects de sa personnalité m'apparaissaient nettement moins amènes. J'avais très vite décelé un caractère obtus, peu intéressé par tout ce qui ne le concernait pas et franchement orgueilleux. À l'écouter, son carnet de commandes était plus rempli que celui d'Airbus — là-dessus, en revanche, j'émettais quelques réserves. Cela dit, je ne m'expliquais pas qu'il se montre aussi inflexible à mon égard. J'avais beau lui répéter qu'il m'était difficile de me rendre à Paris le lendemain, Richard, pas conciliant pour deux sous, ne voulait rien entendre. « *Ça sera demain ou à la semaine des quatre jeudis, c'est vous qui voyez !* »

J'avais donc fini par accepter, bon gré mal gré. Et, comme à chaque fois que je me retrouvais contraint à quelque chose, je trimballais une humeur massacrante. Ma pauvre Joséphine, qui n'y était évidemment pour rien, en payait toujours le tribut. Je dois admettre que dans mes moments d'irascibilité, elle faisait montre d'une grande indulgence. Sur l'instant, c'était salutaire ; à long terme beaucoup moins, puisque je recommençais mon cinéma à la moindre nouvelle contrariété. Ce jour-là, preuve supplémentaire de son abnégation, mon souffre-douleur avait proposé de m'accompagner au rendez-vous imposé par Richard, précisant qu'elle s'arrangerait avec son employeur — un type très accommodant, l'antithèse du réparateur parisien. Plutôt que de la remercier, j'avais posé des conditions supplémentaires : « *Tu conduis, tu me jettes devant, tu m'attends le temps qu'il retape mon Teppaz, et on repart fissa !* »

La première partie du plan s'était déroulée sans accroc. À l'heure dite, Joséphine me déposa devant cette toute petite boutique du Quartier latin, sur la devanture de laquelle s'affichait l'inscription Teppaz Rock en lettres rouillées. À l'intérieur, ça grouillait de monde. Je n'en revenais pas. Et si Richard disait vrai ? Dans le fond, les nostalgiques du Teppaz formaient probablement une communauté très active, une sorte de microsociété dont on ignore la dimension à partir du moment où l'on n'y appartient pas. En réalité, je compris assez vite que tous ces jeunes gens — des étudiants de la Sorbonne, sans doute — venaient déposer ou récupérer un colis ; j'avais alors pensé que cette activité de relais était sans doute la condition sine qua non de la survie de l'échoppe.

Lorsque Richard m'aperçut avec ma valisette à la main et sans même me saluer, il se précipita vers la porte pour tourner l'écriteau qui pendillait à la poignée. *Fermé.* Puis il reprit place derrière son comptoir pour expédier — ainsi que leurs colis — les trois personnes qui se trouvaient encore devant moi. Il demeurait tellement silencieux que j'en vins à me demander si un autre drame n'était pas advenu dans la nuit. Son fils avait-il été mis en examen pour trafic de Teppaz, ou alors était-ce sa femme qui l'avait trompé avec un réparateur de magnétoscopes ? Quoi qu'il en soit, il n'avait pas l'air dans son assiette. Je pris le temps de l'observer avec attention, lui et sa tronche de faits divers. À bien le regarder, il me faisait étrangement penser à Dominique A, Arthur H, ou Vincent D ; en tout cas, à l'un de ces illustres représentants de la « nouvelle chanson française » du début de siècle, dont je n'ai jamais su dissocier ni les chansons ni les visages.

À priori, le sien ne possédait que deux expressions : avec ou sans sa casquette Kangol, qu'il enlevait de temps en temps pour se gratter le crâne. Il avait répété ce geste une bonne dizaine de fois en même temps qu'il s'affairait à la restauration de mon tourne-disque. J'y voyais principalement une façon de souligner la prétendue complexité de l'opération. « *C'est coton vot' truc, mon vieux ! J'crois qu'le souci, c'est qu'vous n'l'utilisez pas assez souvent. La seule façon d'entret'nir un objet pareil, c'est d'le faire tourner régulièrement !* », m'annonça-t-il juste avant de se lancer dans un interminable laïus répertoriant ses exploits professionnels — d'héroïques sauvetages de Teppaz, en somme. Les mauvaises nouvelles n'arrivant jamais seules, il avait donc retrouvé l'usage de la parole en flux continu. J'en profitai pour entériner le titre de ses mémoires : *Mes plus belles réparations.* Et nul doute que s'il parvenait à rétablir le son de ma platine mobile, tout un chapitre y serait consacré.

« *Perdu pour perdu, va falloir nettoyer les écuries d'Augias !* » Il prononça cette phrase — que je n'avais jamais entendue de ma vie, mais dont je devinais le sens — d'une voix grave, la mine au diapason. Puis, après une rapide manipulation qui n'avait pourtant pas l'air si difficile, le miracle eut lieu. « *Ça marche !* », s'écria Richard, pas peu fier de son coup. J'avais voulu vanter son travail, mais il s'en chargea sans me donner l'occasion d'en placer une — après tout, on n'est jamais mieux servi que par soi-même. Par ailleurs, une autre formule semblait avoir été inventée pour lui : le mieux est l'ennemi du bien. Tandis que je voulais m'échapper, rejoindre Joséphine et rentrer dans le Nord au plus vite, lui ne semblait pas pressé de retrouver son autre clientèle, ultra-majoritaire. Celle des étudiants du coin qui considéraient Richard comme un vestige vivant avec son métier tout droit sorti de l'époque de leurs grands-parents, au même titre que les poinçonneurs, les gardiens de phare, ou les placeurs de quilles de bowling.

« *Z'entendez ? Ça overdrive à mort, mon vieux ! J'peux pas vous laisser partir comme ça. Quand l'vin est tiré, faut l'boire !* » Le calice jusqu'à la lie, donc. Richard avait effectué son diagnostic à partir du 45 tours d'un groupe de heavy metal qui ne faisait pas dans la dentelle. J'aurais pu parier que le phénomène de distorsion émis par mon Teppaz n'était rien d'autre qu'un effet recherché par ces sauvageons lors de l'enregistrement. Je déployai des trésors de diplomatie pour faire comprendre à mon interlocuteur que le fait d'avoir récupéré le son était déjà formidable, que l'objet en question avait surtout une valeur sentimentale. Et qu'il était probable que cette légère saturation s'estompe à l'écoute de ma musique à moi, nettement plus modérée lorsqu'il s'agit de faire sonner les guitares. Richard me demanda alors quelle musique je préférais — je crois que c'était la première fois qu'il s'intéressait véritablement à ma personne. « *D'la variétoche ?! Ouais, inutile que j'perde mon temps dans des réglages minutieux si c'est pour écouter Hugues Aufray ! Mon turbin, c'est pas d'enculer les mouches !* » Mieux vaut entendre ça que d'être sourd, comme on dit. *Hasta luego !*

En sortant de Teppaz Rock, aucune trace de Joséphine. Je l'appelai une fois, deux fois, trois fois. Répondeur. J'étais passablement agacé. En plus, j'avais l'air d'un idiot avec cette valoche en similicuir marron, sorte d'attaché-case d'un autre âge. Dix minutes plus tard, alors que je m'étais retiré dans une ruelle adjacente, je reçus enfin un message. « *Mon cœur, retrouve-moi Porte de Versailles, s'il te plaît. Ne te fâche pas, je t'expliquerai.* » Fâché, moi ? J'étais juste ulcéré, surtout que pour la rejoindre, il me fallait prendre le métro — tout sauf une sinécure. Pourtant, elle savait que l'idée même de recourir aux transports en commun me rendait malade — bien sûr qu'elle en avait conscience. Mais, d'abord, que fabriquait-elle Porte de Versailles en plein milieu de l'après-midi ? Je lui avais demandé de m'attendre ! Et s'il lui était arrivé quelque chose de grave ? Pendant que j'essayais de la rappeler, l'inquiétude avait éconduit la colère. Répondeur, encore une fois.

Je pénétrai dans le métro avec l'assurance de Françoise Hardy au moment de monter sur scène — cette appréhension constituait la principale raison pour laquelle elle n'avait pas donné de concert depuis cinquante ans. La discrète était terrifiée à l'idée que sa voix la trahisse. Quant à moi, c'est mon sens de l'orientation qui me préoccupait. Puisqu'il ne pouvait pas en être autrement, à l'occasion du changement de ligne, j'empruntai la suivante dans le mauvais sens. Je pris alors le parti de marcher jusqu'à notre point de rendez-vous. C'était plus long, mais aussi plus sûr, puisque je devais simplement remonter la rue Lecourbe, une diagonale de quatre kilomètres entre le centre et le sud-ouest de la capitale, rectiligne comme une route des Landes. Pour passer le temps et balayer mon émoi, je me renseignai au sujet de la représentation que donnait Eddy Mitchell le soir même. Quitte à être dans le coin, autant en profiter pour le voir encore une fois — même s'il était déjà prévu que nous assistions à sa dernière séance, la semaine suivante. L'espoir fut de courte durée. C'était complet.

L'espace d'un instant, je m'en voulus d'avoir envisagé cette soirée alors que j'ignorais ce qui était arrivé à Joséphine — ça ne lui ressemblait pas, il s'était forcément produit quelque chose. À proximité de l'église Notre-Dame de Nazareth, je l'avais devinée au loin. Elle souriait. Je ressentis un réel soulagement, mais aussi étrange que cela puisse paraître, ce sentiment disparut en une fraction de seconde ; la colère réapparut tel un retour de flamme. « *Je t'avais dit de m'attendre devant la boutique pour qu'on reparte tout de suite !* » m'agitai-je une fois arrivé à sa hauteur. Je me montrais tellement odieux qu'elle finit — fait rarissime — par hausser le ton à son tour. Elle m'indiqua qu'elle avait juste voulu se promener un peu et qu'elle n'avait tout bonnement pas vu l'heure passer. Pas plus que mes trois premiers coups de fil. « *Quand j'ai regardé mon téléphone, il était trop tard. Et avec la circulation, c'était plus rapide que ce soit toi qui me rejoignes. Finalement, j'ai pensé qu'on pourrait aller dans ce restaurant italien qu'on avait repéré l'autre jour, en sortant du concert d'Eddy.* » De mon côté, j'insistai pour qu'on reprenne la route ; il était déjà dix-huit heures. Joséphine argua qu'au regard du trafic et de ma nervosité patente, il était préférable que nous dînions tranquillement avant de reprendre la route vers vingt heures.

À table, je ne décrochai pas un traître mot. Soucieuse de ne pas exacerber mon courroux, Joséphine s'ingéniait tant bien que mal à ouvrir le dialogue. Elle me raconta qu'elle avait entendu *Afrique adieu* dans les enceintes d'un magasin de vêtements, qu'elle avait vu plusieurs affiches annonçant les futurs concerts de Polnareff sur les colonnes Morris du quartier, ou encore qu'elle appréciait vraiment *Un homme simple*, l'album de Pierre Bachelet qui avait continué à tourner dans l'autoradio après qu'elle m'eut déposé. On aurait dit qu'elle lançait des hameçons. Mais rien n'y faisait, je ne mordais pas. De temps en temps, je la voyais esquisser un sourire, sans savoir si elle cherchait à m'attendrir ou si elle se moquait gentiment de mon sale caractère. Quoi qu'il en soit, je restai plongé dans un mutisme absolu.

Il était presque vingt heures. Nous remontions le Boulevard Victor pour regagner la voiture. En quittant le restaurant, je lui avais refilé le Teppaz sans mot dire. J'en avais assez d'avoir l'air con. À notre droite, le Palais des Sports était en approche ; sur le parvis se pressait un monde fou, des centaines de spectateurs impatients d'entrer dans la salle. Je poursuivis ma marche au pas cadencé, comme si de rien n'était, le regard planté droit devant. « *T'aurais aimé qu'on y aille ce soir ?* », m'interrogea Joséphine. « *Ça n'a aucun intérêt ce que tu me demandes. Tu sais bien que c'est complet depuis longtemps !* », lui répondis-je sèchement – il s'agissait de mes premiers mots de la soirée. Elle s'arrêta tout net, me questionnant à nouveau. « *T'es sûr ?* » Sans plus attendre, elle ôta alors deux places de la poche intérieure de son long manteau gris, avant de les tendre en ma direction. « *Au deuxième rang, ça te va ?* »

26. Tout ira bien

Et quel que soit tout le mal que ça fasse,
Quand on comprend qu'on n'a plus rien.
Pour oublier qu'on a perdu sa place,
Dans le fond du cœur de quelqu'un.

Je relis sans cesse la lettre de William Sheller. Qu'il accrédite la thèse selon laquelle le deuil d'une séparation serait plus difficile à surmonter que la disparition d'un être cher me (ré)conforte. Quant à Joséphine, les signes de vie qu'elle m'adresse se font de plus en plus rares. Tant mieux. À chaque fois, ils me tuent. La semaine dernière, elle m'a écrit pour m'avertir que son loft lillois venait de trouver un acheteur — j'ignorais qu'il avait été mis en vente. Elle me priait d'enfin récupérer mes affaires, ce à quoi je m'étais toujours refusé depuis notre rupture, il y a bientôt deux ans. Qu'ai-je bien pu faire de tout ce temps ? Je crois surtout l'avoir perdu à me persuader qu'un beau jour je regagnerais son appartement, et qu'il redeviendrait le nôtre dans la seconde où je franchirais le seuil de cette porte dont j'avais gardé la clé — *pour le cas où elle changerait d'avis.*

C'est pourquoi — malgré ses demandes répétées — j'avais mis un point d'honneur à tout laisser en l'état. Déménager aurait constitué une défaite de plus, sûrement celle de trop. Au fond, je ne faisais que repousser l'inéluctable — et les limites de l'absurde, par la même occasion. Je m'étais si souvent imaginé reprendre place au milieu de mes effets, qui n'auraient pas bougé de la leur durant ce qu'on considérerait *in fine* comme un simple entracte — certes un peu long, mais que nous finirions bien par oublier. Je crois que depuis la nuit de nos adieux et jusqu'à aujourd'hui, je n'ai rien fait d'autre qu'adopter une posture, quelque part entre panache et déni, perdu dans une forêt de pensées sombres dont j'essayais de m'extirper en m'accrochant à toutes les branches. Celle de l'espoir d'un retour n'était pas la plus solide, pliant sans rompre lorsque Joséphine m'avait informé de son départ en Italie, pour finalement se briser à l'annonce de cette vente inattendue.

Ce matin et pour la première fois depuis longtemps, je n'ai donc pas eu d'autres choix que d'affronter ma sinistre réalité. J'ai placé mes illusions sous scellés, retiré mon masque à œillères et remonté les manches d'un vieux sweat informe pour débarrasser le studio de ce qui le décorait encore — les affaires de Joséphine avaient déjà disparu, ainsi que le mobilier. J'avais mis du temps à accepter que ce n'était plus chez moi et maintenant il me fallait admettre que ce n'était même plus chez elle. En conséquence, ça ne sera plus jamais chez nous. Ce qu'il fallait démontrer. Celui qu'il fallut démembrer, c'était moi. Dépourvu de bras et de jambes, sans doute aurais-je été dispensé de ce moment pitoyable. Ainsi atrophié, je me donnais même une chance de reconquérir Joséphine — de l'apitoyer, plutôt — puisque pour autant que je me souvienne, elle s'était toujours occupée de moi comme on soigne un infirme.

Au moment de plonger la clé dans la serrure, j'aurais voulu débrancher mon cerveau, afin d'oublier tout ce qui m'accaparait l'esprit à longueur de temps. Penser moins pour agir plus, et surtout plus vite. Il était hors de question de m'appesantir sur nos souvenirs dans l'antre qui les convoquait pour partie. Pas question, non plus, de nous morceler une fois encore, même si j'ai songé qu'au creux de ce butin que j'amassais à la hâte — en effet, j'avais la sensation étrange de cambrioler mon propre appartement — se logeaient sûrement des vinyles qui lui appartenaient. Sans réfléchir, j'ai récupéré tout ce qui restait : les fringues, les disques, les intégrales de Sardou, d'Eddy, de Renaud, les affiches de concert encadrées, la platine. Il y avait aussi, bien sûr, le Teppaz de ma grand-mère réparé par Richard — après une telle période d'inactivité, je priais pour qu'il fonctionne toujours. Et puis nos polaroïds gondolés depuis que Joséphine avait succombé à la tentation de Venise.

Je suffoquais. J'avais l'impression d'être enfermé dans une sorte d'appartement-sablier ; à mesure que je le vidais de mes affaires d'un côté, il se remplissait de nos souvenirs de l'autre. La souffrance était telle que j'accélérais encore un peu plus le mouvement, balançant mes vinyles avec une négligence inhabituelle dans la camionnette empruntée pour l'occasion. Si Joséphine m'avait vu à l'œuvre, elle n'y aurait pas cru. Je me souviens que lorsqu'elle énumérait la liste des endroits où elle aimerait vivre dans le futur, je pensais qu'il me serait impossible de déménager si souvent ; je m'étais mis en tête que ces va-et-vient répétés causeraient l'avarie de mes vinyles — et de leurs pochettes, auxquelles je portais un soin obsessionnel. Dans ces tristes circonstances, ma maniaquerie avait disparu. Ma seule préoccupation était celle de m'enfuir au plus vite. Juste avant de refermer la porte et de glisser les clés dans la boîte aux lettres, j'avais quand même marqué un temps d'arrêt. Mis à nu, l'appartement me paraissait immense. *Il ne restait que moi. Il ne restait rien.*

J'ai démarré en trombe comme si je voulais faire déborder le chagrin qui m'envahissait, puis j'ai lancé ma playlist en lecture aléatoire. Lama m'avait pris à la gorge d'entrée de jeu. *Souvenirs... attention... danger !* J'ai pleuré toutes les larmes de mon corps. Je les avais enfouies, barricadées en moi depuis la dernière fois que j'avais vu Joséphine ailleurs que sur des photos. J'avais craqué sur le chemin du retour, déjà. C'était vraiment l'autoroute des larmes. Aujourd'hui, je crois qu'elles auraient pu remplir un océan ; celui dont je touchais le fond. Pour me rassurer, j'ai pensé que je venais d'atteindre le point le plus bas de ma vie et qu'à partir d'ici je ne pourrais que remonter. Le soleil culminait au-dessus de ma tête ; laquelle n'arrivait pas à convaincre mon corps de l'embellie qui s'annonçait forcément. Me sentant incapable d'effectuer les opérations en sens inverse, j'ai renoncé à sortir mes affaires de la camionnette. Le retour à la surface s'annonçait difficile. Il était seize heures et je tâchais de m'endormir en chantonnant l'air d'une chanson-mantra, un peu comme on compte les moutons. *Tout ira bien.*

27. Les poètes

Imagine-les, tout c'que tu veux,
Libres et fous, mais surtout,
Reste à distance d'yeux,
Ne t'approche pas d'eux.

Joséphine égayait notre quotidien de moments surprenants. Dans l'exercice, elle trouvait sans cesse le moyen de placer la barre plus haut que la fois précédente — elle était en quelque sorte le Sergueï Bubka de la surprise. Avec le concert d'Eddy, on peut dire qu'elle établissait un nouveau record personnel. Fidèle à ses habitudes, la belle avait minutieusement préparé son coup, repérant, sur un célèbre site de petites annonces, deux places qu'elle avait convenu de récupérer juste après m'avoir déposé chez Teppaz Rock. Elle se doutait bien qu'en découvrant son absence au sortir de la boutique je réagirais mal. Mais qu'importe. Pour m'offrir une joie éclatante, elle était prête à passer un sale quart d'heure.

Quand il s'agissait de la surprendre, je n'étais pas en reste — si tant est qu'au bout de trois surprises identiques, réalisées tous les ans à date fixe, on puisse encore employer ce terme. Joséphine était née un jour de victoire et Herbert Léonard s'arrangeait invariablement pour se produire sur un podium de la région ce soir-là. La première année, c'était à Mortagne-du-Nord. La deuxième à La Madeleine. La dernière à Avion. Nous y étions à chaque fois. *Pour le plaisir* — le mien, avant tout. *Si j'avais un peu d'orgueil*, je tâcherais d'oublier que je n'ai rien trouvé de mieux à lui offrir pour célébrer ses anniversaires...

Herbert Léonard n'était pas — directement — en cause, puisqu'il représentait à mes yeux le meilleur de la pire des époques musicales : les années quatre-vingt. Au milieu des tubes faciles enveloppés de synthés froids, l'Alsacien tirait son épingle du jeu. Il était autour de la quarantaine et il l'avait fringante. Revenu d'entre les morts, il goûtait pleinement ce retour sous les projecteurs. Dix ans plus tôt, un accident de voiture l'avait défiguré, mettant un terme à un début de carrière prometteur. Le temps de se remettre en état, Léonard avait connu une reconversion étonnante — et franchement réussie — en tant que journaliste spécialisé dans l'aviation. Encore aujourd'hui, il était considéré comme l'un des plus grands historiens de l'industrie aéronautique soviétique du vingtième siècle.

Affirmer qu'il ne jouissait pas de la même crédibilité au sein du milieu artistique relevait de la litote. Les commentateurs ne manquaient pas une occasion de rappeler qu'il n'était qu'un interprète — une façon d'atténuer ses mérites. Ce dont j'ai toujours été persuadé, c'est qu'investies par un autre, les chansons façonnées par Vline Buggy — une historique du métier, pour les textes — et Julien Lepers — un jeune animateur de radio, à la composition — n'auraient pas connu le même relief. Il faut dire que le gaillard disposait d'une voix fascinante, toujours prête à la performance, et virile en diable — nonobstant les appogiatures haut-perchées dont il usait et abusait, pour mon plus grand bonheur.

D'un strict point de vue commercial, après dix années de succès couronnées par une résidence d'une semaine à l'Olympia, l'artiste avait raté le virage des nineties. Pourtant, cette nouvelle décennie avait débuté par ce que je considérais comme étant le chef-d'œuvre de son répertoire — un avis partagé par Joséphine, puisque l'album disparaissait souvent de ma discothèque. C'était du rhythm'n'blues pur sucre, produit à grand renfort de cuivres et de chœurs époustouflants, parmi lesquels on retrouvait la regrettée Carole Fredericks. Quant au piano, il était tenu par l'immense Kenny Moore, connu pour avoir accompagné — entre autres sommités — Aretha Franklin, Elton John, Lionel Richie, les Rolling Stones, ou encore Tina Turner. Que du beau linge !

Depuis cet échec vécu comme une injustice, Herbert Léonard semblait avoir perdu le feu sacré. L'intérêt des médias s'était largement dissipé, conjointement à celui du grand public. Alors, désormais, il cachetonnait sur les places de villages en mode pilote automatique. Trois années de suite, il avait livré le même spectacle au millimètre près — on peut dire qu'il était mon complice dans l'art de ne pas surprendre. Quelques minutes avant le concert d'Avion, je ne sais plus comment Joséphine et moi nous étions retrouvés dans la vieille roulotte qui lui servait de loge — de mémoire, nous avions sympathisé avec son manager, ce qui relevait de l'exploit tant l'homme était du genre austère. Avec le chanteur, la conversation se limita à quelques mots d'une rare banalité, que je conclus en lui avouant que mon rêve était de le voir sur scène accompagné d'un big band.

Il méritait mieux que ces galas-galères sur bande enregistrée, mais certainement pas qu'un gamin comme moi le lui rappelle. « *Si je gagne au loto, je vous produirai un beau spectacle à Paris et on organisera une grande tournée dans toute la France !* », ajoutai-je d'un air assuré, comme si j'avais une combine infaillible pour trouver tous les numéros, plus le complémentaire. Herbert demeura placide, à la limite de l'apathie. Des prometteurs de bons jours, il en avait sûrement vu passer quelques-uns avant moi. Sur ces entrefaites, et attendu qu'un *tiens* vaut mieux que deux tu l'auras, il enfila sa veste de costume, puis se dirigea vers un minuscule miroir afin de vérifier si le fond de teint qu'il avait lui-même appliqué recouvrait bien sa bobine de manière uniforme — en plus d'un manager chaleureux et d'un producteur richissime, il avait aussi cruellement besoin d'une maquilleuse. « *Quand faut y aller, faut y aller !* », tonna-t-il en se dévisageant une dernière fois. Ce soir, il chantait sur un play-back orchestre pour cinq-mille balles — son cachet avait fuité dans la presse locale le matin même. C'était toujours ça de pris.

Sur le moment, j'étais persuadé qu'une rencontre avec Herbert Léonard réjouirait Joséphine, et peut-être même que ça l'impressionnerait — comme quoi, mon manque de lucidité ne datait pas d'hier. Cela dit, approcher les artistes n'a jamais été une quête, ayant toujours eu conscience que l'admiration que je portais à leur endroit ne résisterait pas à la vérité des coulisses — en fait, c'était une lucidité à géométrie variable. Derrière le rideau, on parle davantage de business que de show. *Laissez-nous rêver*. C'est pourquoi je n'étais pas franchement emballé à l'idée de jouer les cavaliers lors du cocktail qui suivait un concert de charité dont les bénéfices seraient reversés à une association de défense de la cause animale ; en tant que membre active de cette fondation, Joséphine disposait d'une invitation pour la réception d'après spectacle.

La soirée se déroulait aux Folies Bergères en présence de l'une de mes idoles : Gérard Lenorman. La Gège, comme nous le surnommions. Lors de l'after-show, il se trouvait à quelques mètres de moi, qui préférais me tapir dans un angle de la pièce — il y avait trop de monde et pas assez d'espace. Il y avait surtout, autour du chanteur, des tas de gens qui s'animaient sans toutefois susciter son intérêt ; son esprit semblait vivre *sous d'autres latitudes*. Nos solitudes parallèles ne se mêlaient pas vraiment à la cohue des autres. J'écoutais Joséphine d'une oreille absente. Elle n'arrêtait pas de me répéter que c'était trop dommage de ne pas profiter de l'occasion. Elle avait raison, évidemment. Et puisqu'elle tenait absolument à m'éviter *le bleu des regrets,* elle prit le contrôle des opérations. « *Si tu n'oses pas aller lui parler, je vais le faire, moi ! Bon, faut que je trouve un sujet de conversation qui l'amuse. Si tu vois qu'il se marre, tu nous rejoins, OK ?* »

Joséphine avait rapidement fait place nette en périphérie du chanteur. Et voilà qu'après quelques secondes, celui-ci riait aux éclats. Je m'étais alors approché d'un pas hésitant. « *Tenez, je vous présente celui qui rêverait d'avoir de beaux cheveux blancs comme les vôtres !* » Avait-elle réellement prononcé cette phrase ? Il est vrai que lorsque La Gège passait à la télé, je ne pouvais pas m'empêcher d'évoquer sa crinière immaculée — ce blanc neige me fascinait. M'enfin, quand même ! Comme Gérard continuait de s'esclaffer, mon embarras se dissipa rapidement. La conversation était agréable, d'autant que Joséphine animait les débats avec une légèreté qui ne se fourvoyait jamais dans la bêtise. Elle possédait un charme à nul autre pareil. Lorsque la présidente de l'association la tira par le bras pour l'emmener je ne sais où, il se rompit dans la seconde. D'un seul coup, je n'eus plus grand-chose à dire à mon interlocuteur — ou plutôt, je ne savais plus comment les lui dire, toutes ces choses que j'avais sur le cœur.

Je fis tant bien que mal, me débattant avec mes civilités aussi sincères que malhabiles. Quand je lui indiquai que l'amour de son répertoire m'avait été transmis par ma mère, il me répondit par un « *Ah !* » peu enthousiaste. Lorsque je lui fis part du mien concernant son dernier album en date — *La raison de l'autre* — qui commençait à remonter pas mal, il m'opposa un « *Bof !* » qui voulait tout dire. Et, juste après lui avoir confié que je guettais avec impatience la parution du prochain, il répliqua par un « *Euh !* » qui semblait indiquer que ça ne serait pas pour tout de suite. Là-dessus, son attaché de presse s'approcha pour l'avertir qu'un taxi l'attendait dehors. Ouf !

28. Je passe à la télé

Ce soir, je passe à la télé.
J'y vais pas pour pleurer,
Juste pour la compagnie.
Je n'demande pas l'amour.

C'est un air bien connu. *Jour après jour, les amours mortes n'en finissent pas de mourir.* L'éclaircie mentale entrevue suite au déménagement n'était donc qu'un mirage. Ce matin, sous le coup d'un sommeil dévastateur, le réveil n'a rien de la renaissance espérée. Après des mois — presque des années — de profond déni, c'est comme si j'ouvrais enfin les yeux sur ma vie. Je déplie la carte de la reconquête et je réalise que je n'ai cessé de perdre du terrain, jusqu'à échouer dans cette espèce de *no man's land* amoureux où je crains désormais de m'enliser. J'ai l'impression de poser les pieds sur un continent qui m'était jusqu'alors étranger : l'inespoir. Je n'en avais même jamais entendu parler ailleurs que dans les chansons d'Hubert-Félix Thiéfaine — le plus célèbre inconnu du paysage musical français. Un explorateur majeur de l'inespoir, ça ne fait aucun doute. Il a si précisément décrit ce champ spirituel cotonneux que je ne peux pas me tromper. J'y suis.

J'y reste ? Pas sûr. Certes, d'ici, je suis persuadé que la souffrance doit bien finir par s'atténuer, tant ce territoire assigne au calme et à la patience in(dé)finie. Attendre, mais quoi ? Pas grand-chose, vu qu'on ne croit plus en rien. Je ne m'interroge pas longtemps sur ce qu'il y a de plus difficile à vivre entre l'espérance et la résignation. Définitivement, je préfère *l'épreuve du doute interminable* à celle de *la certitude assassine*. Je ne suis pas fait pour l'inespoir ; il n'est pas question que je m'y éternise. Cependant, j'ai conscience qu'il s'agit d'une étape de transition nécessaire qui m'aidera sûrement à mettre fin à ces plans sur la comète, stratégies pathétiques et autres calculs mentaux débiles qui accaparent mon esprit depuis si longtemps. L'inespoir est avant tout une terre de vérité.

Ça tombe bien, j'en ai quelques-unes à asséner. Ce soir, je compte organiser un grand dîner. Je réunirai tous mes amis et je leur demanderai d'arrêter de jouer aux arrogants oracles une bonne fois pour toutes. Tout bien pesé, mon déni n'est pas plus épais que le leur. Pourquoi m'avoir rabâché jusqu'au dégoût que ça finirait par passer ? Ils voient bien, pourtant, que c'est une peine qui ne se digère pas, qu'elle me reste sur l'estomac, qu'elle me le tord. Au fond, ils mythonnent comme je mitonne. Mal. Je n'ai jamais su cuisiner — ai-je vraiment essayé d'apprendre ? Le repas que je vais leur préparer s'annonce immangeable. J'espère qu'ils aiment le chagrin, parce que j'en mettrai partout.

À l'évidence, il jaillira également des enceintes. Ma playlist, de plus en plus fournie, leur jouera ses plus tristes refrains — on a largement de quoi pleurer jusqu'au bout de la nuit. Par-delà son contenu, *Chagrins populaires* sera assurément au centre de toutes les conversations. Sur Qobuz, je viens de passer le cap des vingt-mille abonnés. Parmi eux certains m'écrivent, le plus souvent sous des pseudos improbables. Je réponds à chacun, même si le fait de ne pas savoir à qui je m'adresse me déconcerte un peu. *Bonjour Henri Darkvador, je vous remercie pour votre message.* Ce qui m'interpelle encore plus, c'est d'observer à quel point les chansons qui composent cette playlist libèrent les émotions et la parole de ceux qui les écoutent. Tous ces gens qui ne connaissent rien de moi me racontent tout de leurs déconvenues sentimentales. À croire que le chagrin désinhibe.

Dans mon entourage, personne ne parvient vraiment à expliquer cet engouement qui se répand même jusqu'à la sphère médiatique ; il est des modes qui surgissent de nulle part. « *Souviens-toi de* La bamba triste *!* », me rappelle mon père, sans toutefois que je puisse établir une corrélation évidente entre ma playlist et cette drôle de chanson. Pierre Billon l'avait écrite au milieu des années quatre-vingt, juste après avoir été congédié par Johnny Hallyday — depuis *Quelque part un aigle*, il occupait la fonction de directeur artistique auprès de l'idole. Derrière des paroles qui repoussaient allégrement les limites de l'absurde, on devinait que Billon traversait une sale période. *J'me sens comme une Marseillaise en mineur jouée par un flûtiste autodidacte sans tact.* Même en amitié, se faire larguer représente une sacrée épreuve à surmonter. *Définitivement.*

Le texte de Pierre Billon était servi par une musique synthétique de mauvais goût — elle aurait pu faire office de générique pour un dessin animé japonais de l'époque. Quant au clip, réapparu sur la toile un quart de siècle plus tard, il ajoutait une touche de rocambolesque non-négligeable à l'ensemble. On y découvrait le chanteur, silhouette de culturiste à peine masquée par un sweat extralarge, se déhanchant devant un chalet de montagne grand comme un cabanon de jardin, avant de plonger dans une piscine fumante vêtu d'un short de bain riquiqui. Un flop retentissant. Vingt-cinq ans après, le buzz fut énorme. Billon et sa *Bamba triste* étaient remontés à la surface on ne sait trop comment. En l'espace de quelques mois, la chanson avait cumulé les millions de vues, conférant à son interprète un statut d'icône aux yeux de la jeunesse étudiante. « *C'est ça, la magie d'internet ! Même des trucs totalement décalés peuvent rencontrer le public !* », clame mon paternel tout en découpant un petit encart que me consacre une revue musicale.

Ça a commencé le mois dernier par une demi-page dans *L'Observateur de l'Arrageois*, un canard claudicant qui ne perdure plus que grâce à la ténacité de son rédacteur en chef. Bruno était le dernier salarié de l'entreprise ; la situation n'est pas très confortable, mais elle a le mérite de lui octroyer une liberté éditoriale absolue. Au début, c'est par le plus grand des hasards qu'il s'était abonné à ma playlist. Ému d'y trouver *La pêche à la ligne* — Renaud était son chanteur préféré —, il m'avait écrit pour me parler de son épouse. Comme dans la chanson, cette dernière passait ses soirées au téléphone avec sa mère — *qu'est sa meilleure amie*. Depuis leur rencontre, qui remontait au siècle dernier, il avait toujours écouté leurs longues conversations d'une oreille discrète, et il se désolait d'en être devenu le grand absent au fil des années. Même si j'étais peiné par sa situation, je lui avais répondu avec un enthousiasme débordant. D'une part, parce que j'étais heureux de lui signaler que nous habitions dans le même coin. D'autre part, parce qu'il avait indiqué son patronyme en lieu et place d'un pseudo ridicule — *c'est peut-être un détail pour vous, mais pour moi ça veut dire beaucoup.*

Suite à notre échange, Bruno avait proposé d'écrire un article qui raconterait la genèse de *Chagrins populaires*, en mettant l'accent sur ma passion pour la chanson française. Sans trop savoir si cela revêtait un véritable intérêt au départ, je dois dire que je fus agréablement surpris par son papier

— *Paul, l'enchanteur malheureux.* D'autres journalistes me contactèrent dans la foulée — Bruno m'avait prévenu, ces gens-là ont tendance à se copier entre eux. J'avais accepté quelques autres interviews, notamment pour des radios de la région, en osant fixer une condition : pouvoir choisir certains titres de ma playlist afin d'illustrer ces entrevues. Depuis l'enfance, je fantasmais le métier de programmateur musical ; j'avais donc vraiment l'impression de réaliser un rêve. Le hic, c'est qu'on me demandait de parler entre les chansons — ce qui, en raison de ma timidité maladive, s'apparentait davantage à un cauchemar.

Les événements prirent une tournure totalement surréaliste au moment où la journaliste d'une célèbre émission d'*access prime-time* m'adressa un e-mail pour le moins inattendu ; elle y manifestait le souhait de réaliser un court reportage me mettant en scène dans mon environnement arrageois. Cette rédaction branchouille piochait souvent dans la presse locale pour proposer des idées étonnantes — ou, disons, un peu moins parisiennes — à ses téléspectateurs — pourtant eux-mêmes très parisiens. Je n'étais pas dupe de ses intentions. Je savais que lorsqu'ils s'emparaient de la culture populaire, les chroniqueurs du programme ne pouvaient pas s'empêcher de l'examiner d'en haut, adoptant un air snob — *excessivement snob*. D'ailleurs, quand l'un d'eux évoquait Jean-Jacques Goldman à l'antenne, il s'empressait toujours de préciser qu'il s'agissait là d'une passion inavouable.

Après quelques heures de réflexion, j'avais accepté d'être le sujet de leur curiosité avec ce que cela pouvait comporter de mépris. J'allais avoir droit à mon quart d'heure de célébrité — bien qu'en réalité, la durée de ce type de reportage n'excédât jamais les trois minutes. Pour dire la vérité, c'est l'idée que Joséphine puisse voir l'émission qui fit pencher la balance. Il s'agissait d'un talk-show qui réunissait quelque deux millions de personnes chaque soir ; il était donc plus qu'envisageable que l'un de ses proches la regarde, puis l'informe de mon passage.

Une matinée entière de tournage était nécessaire pour mettre en boîte ces quelques minutes d'antenne. Attendu que je redoutais terriblement le montage de la séquence, je m'étais promis de faire preuve d'une concentration permanente. En même temps, je ne devais pas me montrer suspicieux à l'excès. Comme disait mon père, j'avais construit un petit succès à partir d'une idée vouée à l'échec — une sélection de vieilles chansons françaises sur une plateforme plébiscitée par les moins de trente ans, majoritairement accros au rap. Alors, que les journalistes s'interrogent relevait de la logique la plus élémentaire.

C'était plutôt la manière dont ils traduisaient leurs interrogations que je trouvais déroutante. D'ailleurs, pour la plupart, ils affirmaient plus qu'ils ne questionnaient. « *Vous avez vingt-huit ans, et pourtant vous admirez des artistes de variété d'un autre temps !* », attaqua bille en tête la chroniqueuse télé, à peine plus âgée que moi. Dans sa bouche, je ressentais le paradoxe suprême entre ce qu'elle trouvait formidable — la jeunesse — et ce qu'elle considérait presque comme une tare — aimer la chanson populaire des années soixante-dix. Pour commencer, j'en avais assez qu'on érige mon âge en quelque chose de méritoire. Je n'y étais pour rien, et ça n'allait pas durer. Qui plus est, je ne m'estimais plus si jeune que ça.

Pour lui répondre et prouver que je pouvais aussi jouer à l'érudit, j'avais détourné Victor Hugo — rien que ça — en rappelant que j'approchais doucement, mais sûrement de la trentaine ; un cap que j'envisageais comme la vieillesse de la jeunesse. Je déclinais d'ailleurs cette théorie à l'aune des relations sentimentales, persuadé que jusqu'à trente ans le rêve de l'amour absolu demeurait permis. Ensuite, selon moi, la recherche de l'être aimé ne pouvait aboutir qu'au prétexte d'une succession de compromis, voire de compromissions. Cette doctrine me faisait dire que dans ma vie, il était presque déjà trop tard.

À défaut de toujours atteindre des sommets de pertinence, les interventions de la journaliste s'étaient révélées mordantes tout au long de la matinée. Je me souviens qu'à brûle-pourpoint, elle m'avait demandé si je ne craignais pas que cette playlist puisse s'avérer dangereuse pour les auditeurs les plus fragiles. « *Toutes ces chansons désespérantes, c'est presque une incitation au suicide !* » J'avais répondu, comme si je parlais d'un vaccin dont tout le monde se méfie, que j'étais la preuve vivante qu'on pouvait survivre à leur écoute incessante. J'étais convaincu que ça n'aggravait rien ; et même que parfois, ça pouvait soigner.

La matinée s'était plutôt bien déroulée. Au moment de raccompagner l'équipe de tournage, j'avais sollicité le cadreur pour qu'il me livre son sentiment — je n'étais pas habitué aux caméras et j'appréhendais mon manque de naturel. « *T'avais mis un beau costume !* », me répondit-il de façon sibylline. Pas de quoi me rassurer. Cela dit, c'est vrai que je m'étais habillé chic. *Pour sembler moins moche, il faut être élégant.* Je dois avouer que depuis quelques semaines, j'éprouvais une forme de narcissisme inversé. Physiquement, je me haïssais au point de ne plus vouloir me regarder — ma tendance innée au déni était sans limites.

Le soir même, lors de la diffusion, j'eus l'impression d'observer un étranger. Un hôte dans le corps d'un autre. J'avais le dos légèrement courbé, le teint terne, et on aurait dit que ma bouche avait changé de direction. Le pire, c'était mon regard triste et ce qui l'encerclait. Si la science ne se mesure pas à la barbe, le chagrin peut facilement s'évaluer aux cernes qui s'accumulent sous les yeux. *Heureusement qu'on sait que les cadavres ne portent pas de costards.* Suite à l'émission, j'ai reçu plus de messages qu'à tous mes anniversaires réunis. Un nombre incalculable. Pourtant, je savais qu'il en manquait un.

29. Le militaire

C'est à Berlin que je suis devenu Français,
Avant je n'avais jamais bu de vin,
C'est à Berlin que l'on m'a appris à fumer.
À moi qui étais là pour devenir officier.

Quelle était la probabilité pour que je tombe nez à nez avec Pierre Billon, un samedi après-midi de février, dans la concession lilloise d'Indian Motorcycle ? Joséphine avait sans doute plus de chance de dénicher *Oubliez ce que je vous ai dit* — l'album introuvable de Michel Delpech — lors de la brocante annuelle du village de ses parents, qu'elle arpentait sans doute au même moment. J'étais seul, Pierre aussi. Il était dans son élément, moi pas du tout — j'avais l'air d'une porcelaine dans un magasin d'éléphants. En effet, je pénétrais pour la première fois dans ce temple de la moto étasunienne, où je m'étais rendu dans le seul but de trouver un casque pour Joël, un ami qui venait de décrocher son permis deux roues.

En dépit d'un terrain presque hostile et malgré l'absence de Joséphine, j'avais approché Pierre Billon sans trop tergiverser. Je devais certainement être dans un bon jour. En réalité, j'étais surtout plus à l'aise avec l'idée d'aborder un homme de l'ombre ; par définition, le genre d'individu que les admirateurs exaltés n'importunent pas à longueur de journée. Ceci étant, Pierre demeurait sûrement l'un des auteurs-compositeurs les plus identifiés du public — et identifiables, aussi, avec son look de bikeur à gros bras recouverts d'encre noire. Bien sûr, *La bamba triste* avait constitué un accélérateur de notoriété auprès d'une génération qui ne le connaissait pas, mais il jouissait surtout d'une immense renommée auprès des *baby-boomers* tant il avait fait partie intégrante du paysage musical de leur jeunesse.

Il faut dire que *l'indien blond* pouvait se targuer — en plus de ses nombreuses collaborations à leurs côtés — d'avoir été l'ami intime des deux plus grandes vedettes du pays : Johnny Hallyday et Michel Sardou. Avec ce dernier, la camaraderie remontait à l'enfance, la rencontre ayant eu lieu au Théâtre des Ambassadeurs lors des répétitions d'une comédie musicale dont leurs parents respectifs — Jackie et Fernand pour l'un, Patachou pour l'autre — partageaient l'affiche. Plus tard, Pierre s'était mis au service de Michel, devenant successivement son responsable de promotion, son musicien, son co-auteur, son compositeur et son producteur, jusqu'à ce qu'il décide de filer à l'américaine, direction Miami, pour rejoindre l'écurie Hallyday. Sardou avait appris le transfuge dans la presse. Furieux, il avait téléphoné à Billon sur-le-champ, laissant éclater une de ces *colères monumentales* dont il a le secret, avant de raccrocher pour les vingt ans à venir.

Entre-temps, Billon encaissa pas mal de coups durs. Et une sacrée leçon d'humilité, aussi. En 95, Sardou triomphait à l'Olympia six mois durant — un record ! — et son copain d'antan n'était plus que le percussionniste de Caroline Verdi, la jeune artiste programmée en première partie. Les deux hommes ne renouèrent véritablement que bien des années plus tard, bouclant la boucle à l'occasion du dernier album de

Michel Sardou qui en confia la réalisation à son ami de toujours. Depuis l'été précédent, Pierre Billon l'accompagnait également dans sa *dernière danse*, l'ultime virée du chanteur à travers la francophonie. Comme à la grande époque.

J'étais d'autant plus surpris de croiser Pierre Billon que la tournée battait son plein. Pourtant, d'un point de vue géographique, ça se tenait. Deux jours plus tôt, le Sardou Circus s'était arrêté à Marseille. Et, le lendemain après-midi, une nouvelle date avait été ajoutée dans la mythique salle de Forest National. « *Pierre ?! Mais qu'est-ce que vous faites là ?* », l'abordai-je avec ma maladresse habituelle. Il me retourna la question, se moquant gentiment de moi. « *Si c'est une Vespa que tu cherches, tu t'es trompé d'adresse, mon pote !* » En un clin d'œil, il avait compris que je n'étais pas un habitué des lieux ; cinquante ans à sillonner le pays à la rencontre du peuple, voilà qui confère un instinct redoutable.

Plutôt que de prendre un train avec le reste de l'équipe pour se rendre à Bruxelles, Pierre avait préféré remonter l'Hexagone au guidon d'une grosse cylindrée. Il était comme ça, Billon. Je voulais profiter de l'occasion pour lui dire que j'adorais les albums — beaucoup plus confidentiels — qu'il avait publiés en tant qu'interprète, chez Tréma. Certes, ses chansons n'avaient aucune chance d'atteindre la *Creuse*, mais moi, elles me touchaient au plus profond. J'étais surtout ému par leur caractère autobiographique, qui montrait une autre facette de l'auteur. À travers ses textes, je décelais chez lui une sensibilité à fleur de peau, à mille lieues de cette image de rocker au cuir épais qu'il trimballait depuis toujours.

C'était un homme qui m'apparaissait comme perpétuellement tiraillé. Entre sa soif de liberté et son besoin de partager avec les autres, son extrême franchise et sa gentillesse infinie, son envie de faire plaisir et celle de ne pas se laisser emmerder. « *Tu veux que je te dise l'une des grandes différences entre*

Michel et moi, niveau personnalité ? Moi, je laisse les gens m'approcher, je leur parle, et quand je me rends compte qu'ils me gonflent, c'est trop tard ; ils ont mis le pied dans la porte ! Michel, il arrive à stopper les emmerdeurs avant même qu'ils aient eu le temps de toquer ! » Je m'étais d'abord senti visé, mais puisqu'il continuait à parler comme un moulin à coudre, je tâchais de me convaincre que j'appartenais à une autre catégorie, dont la compagnie se révélait plus agréable.

Je fus définitivement rassuré lorsqu'il me somma de le suivre à l'extérieur de la concession. « *Viens, je vais m'en griller une !* », me lança-t-il tout en entrouvrant son étui à cigarettes, sans prendre la peine de m'en proposer une. Il savait. « *Toi, tu roules pas, tu clopes pas ! Ta gonzesse, elle a pas misé sur le bon numéro !* » Il avait également deviné que j'avais une copine ; laquelle était particulièrement sensible à son charme, soit dit en passant. Lors des concerts de Sardou auxquels nous avions assisté, elle n'avait d'yeux que pour l'ami-percussionniste. Quelques mois plus tôt, dans la fosse du Zénith de Lille, une spectatrice qui se trouvait juste à côté de nous l'avait d'ailleurs interpellée. « *Eh, il est là-bas, le chanteur !* » avait-elle braillé en désignant Sardou de l'index. Joséphine n'avait même pas relevé. Elle profitait du spectacle comme elle l'entendait. Et son spectacle à elle, c'était de regarder Pierre Billon tambouriner sur ses congas.

Il parut flatté de l'entendre, mais pas vraiment surpris non plus. « *C'est comme ça, mon pote ! Les femmes, elles m'adorent !* » Et il le leur rendait bien. Aussitôt, il me narra une vieille histoire liée à son service militaire qui témoignait bien de cet attrait inconditionnel pour le sexe opposé. Établi en Allemagne, Pierre avait profité d'une soirée de permission pour se rendre dans le bar du coin, un bled paumé d'une centaine d'âmes. À première vue, la fréquentation de l'endroit semblait se limiter à une poignée de plantons. Cependant, dans une relative pénombre qu'elle illuminait, une femme était assise, vêtue d'un large poncho qui recouvrait son buste tout en dévoilant d'interminables jambes. Billon l'observait, plus ou moins discrètement. Elle était sublime, désespérément seule. En effet, aucun des gars installés autour d'elle ne lui prêtait attention.

L'heure avançait et la situation devenait de plus en plus invraisemblable. Un à un, les militaires quittaient les lieux sans un regard pour la demoiselle, immobile sur son tabouret attenant au bar, tandis que le petit Français mourait d'envie de partager une bière en sa compagnie. Au bout de quelques heures, il finit par vaincre sa timidité. De près, il la jugea encore plus belle. C'était le genre de splendeur qu'il avait déjà aperçue au cinéma, mais jamais dans la vie. La séduction opérait à plein, avec une réciprocité évidente. Alors qu'il souhaitait commander deux autres verres, il constata que la jeune femme n'avait pas encore touché à celui placé devant elle. Comme il lui en faisait la remarque, elle se tortilla subtilement, comme si elle cherchait à se dégager d'entraves. C'est alors qu'apparurent deux moignons, situés à hauteur de coudes imaginaires. De leur pince elle saisit son verre, l'amenant difficilement jusqu'à ses lèvres. Tout ça sans dire un mot.

« *Qu'avez-vous fait ensuite ?!* », lui demandai-je, littéralement happé par son récit. « *Bah, je me suis comporté comme un homme, mon pote ! Si je l'avais plantée là à cause de son handicap, je m'en serais voulu toute ma vie ! Tu sais, j'ai jamais été lâche, moi. Alors, évidemment qu'on a passé la nuit ensemble. Et, si tu veux tout savoir, ce fut une expérience assez particulière, mais pas désagréable, loin de là !* » Sur ces entrefaites, il était temps pour Pierre de reprendre la route ; l'équipe de musiciens l'attendait à Bruxelles pour dîner. « *Tu veux venir au concert demain ? Tiens, j'ai deux places à te filer !* »

30. Amour et blues jeans

Amours et blues jeans se déchirent,
Souvent de la même façon.
Un beau matin sans prévenir,
Le tout dernier fil bleu se rompt.

Dick Rivers était à fond dans tous ses combats, celui qu'il a gagné — l'intégrité artistique — comme ceux qu'il n'avait aucune chance de ne pas perdre — la reconnaissance, la popularité des deux autres pionniers du rock français, et le cancer. Voilà quelques semaines que je vis en immersion dans son répertoire. J'y découvre des chansons toutes meilleures les unes que les autres, accompagnant le mouvement d'une voix qui n'a eu de cesse de se bonifier avec les années. À partir de *Plein soleil* — millésime 1995 — et jusqu'au dernier, tous les albums de notre Johnny Cash à nous sont des grands crus, amendés par un interprète bien décidé à marcher tout droit sur le chemin de ses racines musicales, sans jamais s'écarter de cette ligne de vertu.

Il y a cependant un verso à la passion posthume qui m'envahit. Des questions me taraudent. Pourquoi Dick Rivers souffrait-il d'un tel déficit de popularité ? Son dernier tube radiophonique, c'était en quelle année déjà ? Et il remontait à quand son ultime disque d'or ? Je n'étais pourtant pas le seul à penser qu'il s'agissait d'un artiste hors du commun. Ainsi, quelques-uns de ses confrères chanteurs — de Francis Cabrel à Julien Doré — ne manquaient jamais une occasion de témoigner leur admiration pour Dick Rivers. Mais, trop souvent, le petit Niçois suscitait plutôt l'indifférence — voire le mépris — dans son milieu.

Et si l'homme avait été le pire ennemi de l'artiste ? De tout temps, et encore davantage depuis l'avènement des smartphones, Hervé Fornieri — de son vrai nom — était un acharné des technologies de communication. Aussi Geek Rivers passa-t-il la majeure partie de ses quinze dernières années fixé à son téléphone, le mobile tantôt vissé à la main, tantôt collé à l'oreille. Lui qui assumait sans ciller être son plus grand fan, remplissait également le rôle d'autoreprésentant auprès des médias. Et il se disait que même le plus téméraire des attachés de presse n'aurait pas osé utiliser ses méthodes qui flirtaient avec le harcèlement.

Hélas, en règle générale, ce matraquage se révélait totalement contre-productif. À force d'appels et de textos incessants, il devenait le sparadrap du capitaine Haddock, un chewing-gum coincé sous la chaussure pour toutes les rédactions de télé, de radio, ou de presse écrite. D'ailleurs, des journalistes en avaient conclu que la pire chose à faire pour gâcher la vie d'un rival professionnel, c'était de confier les coordonnées téléphoniques de cette personne au chanteur : *« Tiens, Dick, voici le numéro de quelqu'un qui pourrait t'être très utile pour faire la promo de ton prochain album ! »*

Jamais je n'aurais cru devenir le Dick Rivers de l'e-mail. Pauvre Joséphine ! Au début, pourtant, je faisais montre de prudence ; pendant des jours entiers, j'écrivais, reprenais, effaçais, réécrivais mon message sans oser l'envoyer, recherchant l'équilibre impossible entre sincérité et retenue. Plus que tout, je ressentais le besoin de libérer mes pensées prisonnières, et mettre au propre les mots que je raturais dans ma tête depuis si longtemps. J'y ajoutais des obsessions littéraires ridicules ; par exemple, je tenais absolument à commencer par une jolie phrase, prélude qui posséderait le souffle des grands auteurs romantiques. Peine perdue : j'en étais bien incapable. Sitôt ma bafouille expédiée qu'une sonnerie me signalait la réponse de Joséphine. On aurait pu croire au message automatique d'un service après-vente en ligne. Après deux ans, les sentiments avaient totalement disparu. *Désolé, mais la garantie a expiré.*

Aussi curieux que cela puisse paraître, ce retour laconique avait ouvert la boîte de Pandore. Dès lors, j'écrivis avec frénésie, lui envoyant jusqu'à cinq courriels d'affilée au cours d'une même soirée. Des lettres sans noblesse, d'où jaillissaient des phrases auxquelles je ne réfléchissais qu'après les avoir rédigées. Puisque j'avais l'étrange sentiment d'être pris par le temps, je ne les corrigeais plus. Incapable de faire court, je les superposais, l'assommant ainsi de pavés interminables. Choisir le mot juste est un labeur délicat, alors je les mettais tous, les uns après les autres, pas toujours dans le bon ordre. Au fond, c'était des mots qui n'allaient pas ensemble. En cela, ils nous ressemblaient beaucoup.

De loin en loin, Joséphine me répondait, oscillant entre banalités, reproches, et bienveillance préfabriquée. Quand elle me souhaitait d'être heureux, elle s'y prenait avec une telle désaffection que je voyais bien qu'il s'agissait du cadet de ses soucis. Je n'étais plus son problème. Pendant des années, elle m'avait porté à bras-le-corps avec une abnégation qui frôlait parfois l'héroïsme — une loque immature et inadaptée, ça pèse son poids. Mais, aujourd'hui, il n'était plus question pour elle de m'épauler ou même de me tendre la main. Et, puisqu'elle ne voulait plus supporter cette charge, elle refusait certainement de voir le chagrin abyssal dans lequel son absence m'avait plongé. D'une certaine façon, le déni avait changé de camp.

Désormais, moi, j'assumais tout : de mon amour qui ne se tarissait pas aux regrets éternels qui m'accablaient. Dans un de ces innombrables courriels dont je l'assiégeais, j'avais dressé la liste de toutes mes erreurs. Quitte à en inventer d'autres, elle ne répondit que pour alourdir une addition pourtant déjà bien salée. J'encaissais sans broncher. Après tout, dans l'art de brûler ce(ux) qu'elle avait adoré jadis, Joséphine était une récidiviste. Voilà, au fond, un des rares torts que je pouvais lui reprocher. Pourquoi avait-elle ce besoin régulier de se créer des ennemis — qui, pour la plupart, lui voulaient du bien ? Un parent, une amie d'enfance, ou un simple collègue de travail. Elle était heureusement capable — autant pour elle que pour ceux qui l'aimaient — de revenir en arrière une fois qu'elle avait été jusqu'au bout de son erreur.

Cela dit, me concernant, je redoutais un point de non-retour. À travers ses lignes hostiles, je comprenais que notre amour, que j'envisageais toujours comme un monument inachevé, demeurait révolu à jamais ; pire encore, qu'il n'avait même jamais commencé. Elle me donnait le sentiment de se construire une autre réalité, sans doute pour éviter de trop souffrir. Comment lui en vouloir ? J'étais moi-même un spécialiste en la matière. À la différence près que je me savais incapable de haïr, conscient que rien ne naissait du ressentiment. Contrairement à ce que mes proches se figuraient, il ne fallait pas y voir la démonstration d'une quelconque grandeur d'âme. C'était même tout l'inverse. De l'égoïsme, rien que de l'égoïsme. En retenant le meilleur de ceux qui m'avaient blessé, c'est à moi que j'épargnais le pire.

Toutefois, ses réponses m'atteignaient moins que je ne l'aurais craint. Au fond, je crois que j'étais rompu aux ruptures qu'elle m'infligeait. Joséphine semblait loin, très loin. Déconnectée — de ma réalité, particulièrement. D'ailleurs, à la lire, j'étais persuadé qu'elle n'avait pas eu connaissance de mes récentes apparitions médiatiques. Elle menait désormais une existence détournée de mes préoccupations, sans doute plus conforme à ses aspirations, souvent plus tangibles que les miennes. En me quittant, elle avait renoncé à se justifier, ce qui lui conférait une assurance à la limite de l'impitoyable. Une seule fois, elle fendit l'armure et m'expliqua combien il lui avait été difficile de partir précipitamment, sans motiver sa cinglante décision.

Pour sauter le pas, elle savait pertinemment qu'elle ne pouvait pas se permettre de temporiser. Oh, surtout ne plus se retourner, jamais. Bien sûr qu'il lui était arrivé de douter. « *Je me suis posé beaucoup de questions, tu sais. J'ai arrêté quand le jean que tu m'avais offert le jour du concert de Florent Pagny s'est déchiré. C'est arrivé un mois après mon arrivée ici. Ce jour-là, j'ai compris que c'était vraiment terminé, voilà.* » Finalement, de notre relation elle garderait quelques-uns de mes travers : le déni et l'imagination fertile qui permettent d'enjoliver la réalité, ainsi que la propension à interpréter chaque manifestation fortuite du quotidien comme un augure.

Je t'en remets au vent. C'est l'objet du courriel que je lui ai envoyé ce matin. Dès la première ligne, j'ai précisé que ce serait le dernier et qu'elle ne devait pas y répondre, à moins d'en ressentir profondément l'envie. Je ne lui demandais plus d'explications. Je lui disais définitivement, et avec des mots enfin choisis, qu'elle m'avait offert des années merveilleuses. Les plus beaux souvenirs de ma vie. Davantage qu'un adieu, c'était l'éloge funèbre de notre amour, assorti de toute ma gratitude.

Les paroles sincères que je lui adresse semblent témoigner d'une évolution. J'ai admis le passé et mes éventuelles erreurs autant que j'assume le présent chagrin. Pourtant, je continue à fantasmer le futur de manière inéluctable. De temps à autre, je me surprends encore à refaire ma vie avec elle. Je nous figure boire des verres jusqu'au bout de la nuit, à La Fabrique — un bar d'Arras où je passe toutes mes soirées entouré d'amis fidèles, de filles de passage, de copains de comptoir. À force de le fréquenter, j'ai remarqué que la fermeture est le moment le plus difficile dans les établissements de nuit. Mettre les noceurs à la porte est tout sauf une sinécure ; pour les fêtards invétérés, le glas sonne toujours trop tôt. Depuis quelque temps, les patrons du bar ont trouvé la parade. Quand l'heure approche, ils diffusent ma playlist. C'est d'une efficacité redoutable ! Aux premières notes, plus personne n'a vraiment envie de faire la fête. Miracle, la clientèle s'échappe d'elle-même.

Je m'imagine lui faire découvrir William Sheller. Par petites touches seulement, puisque nous serions trop heureux pour l'écouter vraiment. À moins que je lui préfère Dick Rivers, que j'apprécie plus qu'aucun autre en ce moment. Je lui ferai écouter *Est-ce que tu le sais ?* — tube des Chats Sauvages — devenu *Est-ce que tu le chais ?* en raison d'un léger chuintement apparu au fil des années. Je me voyais déjà, en bon prince de l'absurde et de la répétition, la saouler de ma question ritournelle. « *Dick Rivers a chanté à Disneyland pour ses cinquante ans, est-ce que tu le chais ?* » En boucle jusqu'à ce qu'elle c(h)ède. « *Oui, Paulo, je le chais ! Ça fait cent fois que tu me le rabâches !* » On s'amuserait de ce qui n'amusait que nous, comme nous l'avions toujours goûté.

Parfois, au milieu de ce futur fantasmé, le présent triste me rattrape. Comment ça tu le trouves ringard, Dick ? Tu sais que tout un tas de types branchés ont écrit pour lui : Alain Bashung, Benjamin Biolay, Matthieu Chedid, Joseph d'Anvers, Axel Bauer, Mickaël Furnon, Oli de la Celle, et j'en passe. Ah bon, tu penses vraiment qu'il était ridicule avec ses santiags et sa moumoute noir corbeau ? Primo, il s'agissait d'authentiques bottes de cow-boys — les santiags, c'est juste une pauvre marque de contrefaçon espagnole ! Deuxio et jusqu'à preuve du contraire, c'étaient vraiment ses cheveux ! Et comment je sais tout ça ? Comment je chais tout cha, tu veux dire ! Bah, j'ai lu toutes ses interviews. Et puis, j'ai dévoré ses quatre autobiographies. Non, j'ai pas changé, t'as raison. Quoi ? Ne me dis pas que t'es déçue. *N'en rajoutes pas mignonne.*

L'écran de mon téléphone s'allume. Un nouvel e-mail.

31. Je ne t'aurais pas vue

En ce temps-là,
Je t'ignorais.
J'étais sans garde,
Et sans but.

« *J'aimerais que tu cesses de dérégler le siège de ma voiture à chaque fois que tu l'empruntes. Et puis, j'aimerais aussi que tu ne touches plus au rétroviseur intérieur aussi bien qu'extérieur. Tu dois t'efforcer d'adopter ma conduite, même si nos jambes n'ont pas la même longueur. Elles n'auront de toute façon jamais la même longueur !* » Ce n'était pas de moi, mais ça aurait pu. Il s'agissait en réalité d'une note de service adressée par Claude François à un certain Gérard — son chauffeur, j'imagine. Il y a quelques années, toutes les instructions — des caprices, plutôt — du chanteur avaient été compilées dans un ouvrage que je relisais régulièrement, au hasard d'une page ou d'une autre. Cloclo pouvait se révéler carrément imbuvable, et moi, ça me faisait franchement marrer.

Joséphine ne riait plus aussi souvent qu'autrefois. Même son éternel sourire, qui ne la quittait jamais, semblait s'être affaissé. Elle brillait d'une flamme qui se voyait de moins loin, mais je ne le remarquais pas, sans doute parce que je ne la voyais plus que de très près. À vrai dire, je passais plus de temps à scruter mes propres états d'âme. Je traversais une mauvaise période : plus de boulot et, après les avoir accumulés sans jamais parvenir à les concrétiser, même plus l'ombre d'un projet. Joséphine, que je mettais à contribution sitôt qu'une nouvelle idée surgissait, regrettait ma tendance au renoncement, à la moindre difficulté. En réalité, elle avait toujours cru en moi beaucoup plus que je n'y croyais moi-même.

C'était l'heure du départ pour Bruxelles. J'avais replacé mon siège en lui assénant une réflexion à peine plus aimable que la note de service signée par Claude François. Elle demeura sans réaction. Depuis quelques jours, peut-être quelques semaines, l'atmosphère avait changé. Elle n'était pas conflictuelle, non. Simplement morose. Comme si la légèreté qui nous accompagnait depuis nos premiers instants avait soudainement disparu. Jusqu'alors, quand je faiblissais pour une raison quelconque, je m'en remettais inlassablement à ses conseils, son réconfort, sa bonne humeur communicative. D'une certaine façon, c'était un dû, une dette à vie dont je n'avais même plus la reconnaissance. Je ne concevais pas qu'entre nous il puisse en être autrement. Je n'envisageais pas qu'elle aussi puisse avoir besoin d'une épaule sur laquelle se reposer.

Hier, juste après avoir quitté Indian Motorcycle avec mon casque sous le bras, je lui avais téléphoné illico, tout heureux de lui raconter ma rencontre avec Pierre Billon. Au moment où j'évoquais le concert du lendemain, Joséphine semblait rechigner un peu. Elle n'était pas enchantée à l'idée de rentrer plus tôt de chez ses parents — elle avait prévu d'y passer le week-end entier — afin d'assister à un concert qu'elle connaissait par cœur. Pour la convaincre, et même la culpabiliser, je m'étais lancé dans une sorte de chantage minable : *« Dire que j'ai pas arrêté de lui répéter que tu étais une fille formidable. Et que tu l'adorais, en plus ! Maintenant, j'ai juste l'impression de lui avoir menti. Si j'avais su, je n'aurais pas accepté son invitation ! Je l'ai fait pour te faire plaisir ! Tu sais bien que moi je n'avais aucune intention d'y aller à ce concert !* »

Ça, c'était quand même un peu vrai. Depuis l'été précédent, nous avions déjà assisté à six représentations de cette tournée d'adieu. La dernière fois, à la Seine Musicale, j'avais pris conscience que Sardou s'apprêtait à raccrocher le micro sans mélancolie ni nostalgie, balayant cinquante années de carrière — pour autant de tubes immortels — d'un salut de la main, le regard déjà tourné vers d'autres projets. Des regrets ? Et puis quoi encore ! Il me donnait même l'impression d'attendre prestement l'ultime note, celle que son public redoutait tant. Le contraste des émotions était tellement saisissant que je ne comptais pas y retourner avant la der des ders, programmée à la fin du mois de mars.

La représentation bruxelloise avait lieu en matinée et ça faisait une raison supplémentaire de ne pas y assister. Sardou détestait les matinées. Il débarqua à seize heures tapantes, l'horaire qui était mentionné sur le billet. Le menhir chantant n'étant pas du genre à faire mine, il arborait clairement celle des mauvais jours, démarrant le spectacle cahin-caha sur le plan vocal et ponctuant chaque chanson de légers rictus mécaniques. Quand il n'avait pas envie d'être sur scène, et même si son professionnalisme lui permettait d'assurer un service plus qu'honorable, ça se voyait. En tout cas, ça n'échappait pas aux inconditionnels dont je faisais partie. Il faut reconnaître que, dans l'absolu, cette attitude à la va-comme-je-te-pousse pouvait contribuer au charme du bonhomme. Mais pour ses derniers instants dans la peau d'un chanteur, j'en attendais davantage…

En ce dimanche après-midi, le bouillonnant public de Forest National réserva une sacrée surprise à l'idole.

Un peu plus tôt dans la journée, deux petites affichettes avaient été déposées sur chacun des huit-mille sièges que comptait l'arène bruxelloise. Comme indiqué au verso, il était convenu de les brandir à des moments précis. D'abord vers le mitan du show, sur le deuxième couplet de *La maladie d'amour*. De quoi réchauffer le cœur du gladiateur monolithique qui remercia l'assistance d'une voix brisée. Pendant le rappel, quand les secondes affichettes se mélangèrent aux premières, ce fut l'estocade. Le roc écrasa une larme, tombant ainsi l'armure de Spartacus. Sur et devant la scène, l'allégresse et le spleen s'entremêlaient. Enfin des émotions partagées. Mieux, une véritable communion.

Quand les lumières de la salle se rallumèrent, d'autres sensations s'insinuèrent en moi : un mélange de stupéfaction et d'inquiétude. Joséphine ne se trouvait plus à mes côtés. Depuis quand avait-elle disparu ? Je ne l'avais même pas vue partir. Je l'appelais sur-le-champ. « *Je suis désolée*, souffla-t-elle, la voix blanche. *J'avais besoin de prendre l'air. Retrouve-moi dehors, s'il te plaît.* » Quand je l'aperçus, la colère se substitua à tout le reste. Je lui en voulais d'avoir largement écourté — parfois, je pouvais rester sur mon nuage pendant des jours entiers — le moment de plénitude qui suivait les concerts de mes idoles.

J'allongeais alors la foulée jusqu'à la voiture, sans un mot. Après quinze minutes d'un silence assourdissant, je démarrai le moteur. L'autoradio jouait *Kâma Sûtra,* le dernier disque de Polnareff qui remontait quand même à un bon quart de siècle — depuis, le génie de Michel semblait bloqué dans sa lampe. Alors que nous approchions de Lille, j'avais enfin tourné la tête en direction de ma passagère. Elle regardait le paysage défiler par la vitre, vaquant à une sorte de playback minimaliste qui eut l'effet immédiat de m'attendrir. *On nous demandera encore une fois. Des choses auxquelles on ne répondra pas. Mais ça ira. Ça ira.*

Une larme coulait le long de sa joue. C'est vrai qu'elle est bouleversante, cette chanson. Sans transition aucune, je me lançais dans une conférence concernant la création de l'album. Une façon — maladroite — de renouer le dialogue. Puisque nous n'étions jamais vraiment fâchés, je n'avais pas le mode d'emploi pour résoudre nos conflits. En revanche, je savais que Joséphine adorait que je lui raconte les petits secrets de création des chansons. La preuve, quand je m'aventurais dans ces interminables histoires, elle me relançait toujours avec des tas de questions. Et, au sujet de Kâma-Sûtra, on peut dire que je ne manquais pas d'anecdotes.

« *Tu savais que Polnareff avait conçu ce disque au Royal-Monceau ? Il a passé 800 jours dans ce palace, sans mettre un pied dehors ! Avant ça, il avait vécu plusieurs mois au premier étage d'un bar-tabac de Seine-et-Marne. Pas le même standing, hein ! Au Royal-Monceau, tu ne l'aurais pas reconnu : il traînait constamment en jogging, avec une barbe hirsute et — au moins — trente kilos de trop ! Tu sais pourquoi il n'a pas bougé pendant plus de deux ans ? Parce qu'il devenait aveugle et qu'il redoutait plus que tout de se faire opérer ! Personne n'était au courant. C'est un de ses amis qui s'en est rendu compte, une nuit, en le raccompagnant jusqu'à sa chambre ; dans les couloirs, Polnareff se cognait partout. Rien à voir avec l'alcool ! En fait, la femme de ménage venait de déplacer le mobilier. Lui, si tu veux, il restait dans l'hôtel pour la simple et bonne raison qu'il y avait ses repères. Il pouvait se déplacer les yeux fermés, pour ainsi dire. C'est dingue, non ?* » Comme elle ne réagissait pas, je réitérai ma question d'une voix plus forte. « *C'est dingue, non ?!* » Joséphine sursauta. « *Ah, tu me parlais ? Pardon, j'étais dans mes pensées.* » Puis, sans attendre ma réponse, elle reprit sa position initiale, le corps orienté face à la vitre. Le regard tourné vers ailleurs.

32. Bonne idée

Et rien vraiment ne change,
Mais tout est différent.
Comme ces festins qu'on mange,
Seul ou en les partageant.

Je ne m'attendais pas du tout à recevoir cet e-mail. Il était signé d'un certain PCB, qui se présentait comme le directeur marketing — CMO, qu'il disait — de Qobuz, la société de streaming qui hébergeait ma playlist. PCB souhaitait me rencontrer afin — toujours selon ses termes — « *d'évoquer une collaboration plus professionnelle, avec l'intention de closer un deal en bonne et due forme.* » Je n'avais aucune idée de ce qu'il attendait de moi, mais je ressentais malgré tout une forme de satisfaction. Celle de me dire qu'après des années d'échecs successifs, je parvenais enfin à mener un projet au-delà du stade élémentaire de projet. Le simple fait d'avoir été démarché me conférait une certaine assurance, que seule l'idée de débarquer dans un univers étranger modérait tant soit peu. Dans ce long combat que constituait ma rééducation sociale, indéniablement, je progressais.

De façon à me rassurer pour de bon, je m'étais quelque peu renseigné sur l'individu qui désirait me recevoir. Il faut dire que hormis son rôle au sein de la société, je ne disposais d'aucune information le concernant ; pas même sa véritable identité. Signe que mes démons résistaient, je craignais quand même d'avoir l'air un peu idiot en arrivant dans les locaux de Qobuz sans savoir tout à fait qui je venais voir ni ce que je venais faire. Je m'imaginais déjà planté devant une standardiste du genre pas commode d'au moins deux fois mon âge, qui me reluquerait de pied en cap avec dédain. « *Bon, c'est pour quoi, jeune homme ?!* » m'assènerait-elle tout en claquant son poudrier. Timoré comme je peux l'être, évidemment, je n'oserais rien répondre — et surtout pas une phrase aussi improbable que « *J'ai rendez-vous avec PCB le CMO !* » Sur ce, je bredouillerais sans doute quelques mots d'excuse à peine audibles avant de tourner les talons.

Dans ce genre de situation, et depuis tout petit, j'avais toujours manqué d'assurance — et donc de répartie. C'est pourquoi il m'apparaissait indispensable d'en savoir davantage sur le fameux PCB, histoire de débarquer avec quelques billes en poche. Malheureusement, mes recherches ne m'avaient pas permis d'en apprendre beaucoup plus. Tout juste l'essentiel : il s'appelait Pierre-Claude Bloch, voilà. Ça faisait de lui un presque homonyme du plus célèbre des attachés de presse du show-biz d'antan. En effet, entre les années soixante et la fin des années quatre-vingt, Claude Pierre-Bloch s'était notamment occupé des carrières médiatiques de Sylvie Vartan, Johnny Hallyday, ou encore Michel Sardou. Cette analogie m'amusait autant qu'elle me tranquillisait. Ça faisait toujours un sujet de conversation, au cas où...

Je profitais de ce déplacement en région parisienne pour caler l'enregistrement d'une nouvelle interview télévisée, pour laquelle j'avais jusqu'alors réservé ma réponse. Au fond, je ressentais une certaine lassitude à répéter toujours les mêmes choses. Clémentine, une de mes amies les plus proches, m'en avait d'ailleurs fait la remarque suite à mon dernier passage à l'antenne. « *Tu sais que tu dis les mêmes phrases dans toutes tes interviews, parfois au mot près !* » J'avais rétorqué, légèrement vexé, que c'était peut-être parce qu'on me posait les sempiternelles mêmes questions. « *Je ne vais quand même pas inventer des réponses pour te faire plaisir !* »

À présent, je comprenais pourquoi l'exercice médiatique pouvait s'avérer franchement pénible pour les artistes. Si la joie d'alimenter ma playlist de chansons toujours plus tristes — et de répondre aux messages de mes abonnés, malgré leurs pseudos ridicules — demeurait intacte, je n'étais plus très enthousiaste à l'idée d'en assurer la promotion. Cela dit, j'avais quand même fini par accepter l'invitation de Patrick Simonin, un journaliste que j'appréciais et dont je ne ratais jamais les interviews. C'était un grand professionnel, un véritable passionné, qui laissait toujours le temps à ses invités de s'exprimer — chose de plus en plus rare à la télévision. Surtout, il œuvrait sur TV5 Monde, la chaîne francophone diffusée dans plus de deux-cents pays, un support d'information incontournable pour tous nos expatriés à travers le globe. Alors, je me disais que Joséphine était peut-être une téléspectatrice assidue de l'émission. J'espérais secrètement qu'elle tombe sur moi, par hasard. Et qu'elle retombe amoureuse, tant qu'à faire…

Les locaux de Qobuz étaient situés dans une zone d'activité de la proche banlieue, à Pantin. J'avais eu *Marionnettiste* dans la tête pendant tout le trajet. Ça me faisait penser que dans ma playlist, Pierre Bachelet faisait figure de grand absent. Pourtant, le répertoire de ce Nordiste d'adoption — né à Paris, il avait grandi sur la Côte d'Opale — ne manquait pas de chansons déchirantes, dont les textes résonnaient en moi de manière aiguë : *Elle est d'ailleurs, Mais j'espère, Elle me dit, Sans toi, À perpétuité, Mais l'aventure.* Une fois stationné, j'avançais d'un pas artificiellement décidé vers le hall d'un immeuble où s'affichait le logo de la société. À l'intérieur, un agent de sécurité — plutôt sympathique, au demeurant — m'indiqua la direction à suivre sans prendre la peine de m'accompagner. Il devait penser qu'il avait affaire à un type débrouillard ou, au contraire, à un éternel assisté à qui il était grand temps de lâcher la main.

Au premier étage, je posai la mienne sur la poignée d'une porte massive, que j'ouvris non sans mal. Un vaste espace de travail collectif s'étendait devant moi, occupé par une cinquantaine d'employés, casque vissé sur les oreilles et yeux rivés sur l'écran de leur ordinateur. L'un d'entre eux, qui se trouvait pourtant assez loin, m'aperçut en relevant le visage. Ni une ni deux, il bondit de sa chaise pour se précipiter à ma rencontre. « *Salut Paul ! Enchanté, moi c'est Joshua. Tu as rendez-vous avec Picibi, c'est ça ? Il ne va pas tarder. Viens, je vais t'installer dans une de nos meeting rooms !* » Il me précéda sans me laisser le temps de répondre à sa question — ça tombait bien, car j'avais mis quelques secondes avant de comprendre que Picibi n'était autre que PCB, ses initiales prononcées à l'anglaise. Sur le chemin, la plupart des têtes chevelues se redressèrent pour me saluer. Dans le secret de ma pensée, je formulais deux hypothèses : soit ils me connaissaient déjà tous, soit la politesse était une valeur profondément ancrée dans la culture de l'entreprise. D'ordinaire, les jeunes ne disent pas bonjour aussi spontanément.

Ici, personne ne devait dépasser la trentaine. Pierre-Claude, malgré son prénom d'un autre âge et le poste à responsabilités qu'il occupait, non plus. Il pénétra dans la salle de réunion tel qu'en lui-même ; un savant mélange de dynamisme et de décontraction. Si j'avais voulu reproduire la même chorégraphie, sans doute aurait-il été nécessaire que je la répète pendant des heures. Mais, pour Pierre-Claude, tout paraissait inné. En mon for intérieur, je m'étais dit que ça ne servait à rien que je lui parle de son quasi-homonyme, puisqu'il y avait tout à parier qu'il ne le connaissait pas. Et puis, en tout état de cause, PCB ne manquait pas de conversation. « *Ce que tu as fait, c'est tellement coolos et disruptif ! J'ai vu les datas, ta playlist touche tous les publics, autant les nouveaux abonnés de Qobuz que nos early adopters, avec un taux de satisfaction au top. Ici, faut que tu le saches, on est très focusé et driven par les feedbacks. Une playlist comme la tienne, c'est tout à fait ce qu'il nous faut, parce que ça nous permet de broader notre scope, you know ? Toi, en plus, t'as trouvé comment incentiver la presse ! Good job !* »

Au bout d'un moment, j'en eus franchement assez de hocher la tête comme un benêt alors que je ne comprenais qu'un mot sur deux. Je lui indiquai qu'en termes de vocabulaire, un peu comme pour la musique, j'étais littéralement coincé dans le passé — entre ce jargon de startupper qui s'instillait un peu partout et l'écriture inclusive qui nous menaçait, on vivait quand même une drôle d'époque sur le plan lexical. Dès lors, Picibi fit très attention aux termes qu'il employait. Et, pour dire la vérité, la situation m'amusait énormément. Je trouvais cocasse de le voir se dépatouiller, peinant à trouver des traductions basiques dans ce qui n'était pourtant rien d'autre que sa langue maternelle.

Pierre-Claude me confia que le succès de *Chagrins populaires* constituait une véritable surprise, qui incitait l'équipe dirigeante à penser autrement et à tendre vers une plus grande exhaustivité de contenu. En plus d'une qualité sonore nettement supérieure à la concurrence, Qobuz se distinguait par l'expérience éditoriale qu'elle proposait à ses utilisateurs. Contrairement aux autres plateformes, ses préconisations musicales reposaient sur les connaissances d'une équipe de mélomanes triés sur le volet, reléguant le pouvoir des algorithmes au second plan. Écouter de la musique sur Qobuz, c'était un peu comme acheter un vinyle chez le disquaire du coin — ailleurs, on avait souvent l'impression d'être au supermarché. C'est justement ce qui m'avait particulièrement séduit lors de mes premiers pas — craintifs — sur l'application, dans les jours qui avaient suivi ma rupture avec Joséphine.

Après en avoir discuté avec ses plus proches collaborateurs, Pierre-Claude en était arrivé à la conclusion que la variété française demeurait le parent pauvre de Qobuz. C'est pourquoi il souhaitait valoriser davantage ma playlist, tout en m'offrant la possibilité d'en créer d'autres, sur des thématiques différentes. « *On t'a pas mal vu ces derniers temps, les gens commencent à te connaître. On constate qu'il y a une relation qui s'est créée entre tes abonnés et toi, alors il faut que tu incarnes encore plus le truc !* », affirma-t-il, enthousiaste. À vrai dire, j'étais beaucoup plus partagé. « *Je n'ai pas envie que ça soit unilatéral. Que les gens me connaissent, pourquoi pas. Mais, moi aussi, j'ai envie de les connaître. Le lien, il ne faut pas qu'il soit factice. Au contraire, j'ai besoin que vous trouviez une solution pour le rendre plus réel, plus palpable !* » Pour la première fois, l'assurance de mon interlocuteur parut s'envoler. « *Je vois, je vois...* », murmura PCB, qui ne semblait pourtant pas comprendre grand-chose à mes attentes, lesquelles s'éloignaient sans doute un peu trop de ce qu'on apprenait dans les écoles de commerce...

Par ailleurs, je n'étais pas certain de me sentir très à l'aise dans cet univers où il fallait forcément être cool — ou coolos, donc — en toutes circonstances, parler un charabia imbitable, saluer des tas de personnes qu'on voit pour la première fois. Pierre-Claude ne me demandait que cinq jours de présence mensuelle, mais pour moi, c'était déjà trop — et surtout trop tôt, dans mon processus de réadaptation sociale.

Pendant quelques minutes, je m'égarai dans mes pensées, moins attentif aux propos de PCB, qui lui-même paraissait perturbé par les vibrations incessantes de son téléphone dernière génération. « *Paul, tu m'excuses deux minutes ? Je crois que j'ai complètement oublié de décaler une conf call ! Heu, un appel, quoi !* »

Un immense type, qui dépassait aisément le double mètre, s'approcha alors de moi. Hormis des sneakers d'un blanc vieilli, il était intégralement vêtu de noir — du pantalon au bonnet docker. Je m'étais levé pour le saluer, moins par savoir-vivre que pour m'éviter un sacré torticolis. « *Bonjour Paul. Je m'occupe des statistiques ici. J'avais signalé le succès de* Chagrins populaires *à Pierre-Claude il y a déjà quelque temps, bien avant que les médias nationaux ne s'intéressent à toi. Mais, tu sais, ici, la variété française...* » Il avait prononcé cette dernière phrase sans acrimonie — quelque chose me disait que ce garçon, d'une bonté évidente, en était incapable. J'accompagnai ses propos d'un sourire entendu, ce qui l'encouragea à se livrer davantage. « *Je voulais te dire que je suis en pleine rupture. Ça fait des mois que la fille que j'aime m'a quitté, et je ne m'en sors pas. Paradoxalement, ta playlist me fait beaucoup de bien. Si tu me le permets, je voulais te proposer un titre pas très connu :* Le vacarme, *d'Antoine Villoutreix. Si ça te touche, tu pourras toujours l'ajouter...* »

Eurêka ! Sans le savoir, Adama venait de trouver la solution. Je le remerciai chaleureusement avant de lui annoncer que je serais très heureux de faire plus ample connaissance avec lui. « *Je crois qu'on va être amené à se revoir !* », lui lançai-je d'un ton amical. PCB réapparut, et, aussi vite, je poursuivis la conversation en suspens. « *J'aimerais pouvoir modérer les playlists dont j'aurai la charge grâce à un système d'entrée. L'idée, c'est que chaque personne qui souhaite s'y abonner puisse le faire à condition d'indiquer son prénom — pas un pseudo ridicule, j'ai bien dit le prénom ! — et le titre d'une chanson qu'elle apprécie, qu'elle souhaite partager avec moi, ou qu'elle voudrait me faire découvrir !* » PBC parut conquis ! Il s'embarqua dans de grandes phrases élogieuses ; on aurait pu croire que je venais de découvrir un sixième continent. Je l'interrompis. « *C'est pas moi qu'il faut féliciter, c'est Adama ! C'est de lui que vient l'idée !* » Avant d'ajouter, tout à mon affaire : « *Bon, qu'est-ce qu'on attend pour closer le deal ?* »

33. Les gens qui s'aiment

Que dire à tous ces gens qui s'aiment ?
Le doute me vient par moment.
Briser leurs rêves est un blasphème.
Si je leur dis ça va durer, ça va durer, ça va durer…
Je mens.

Entre Joséphine et moi, le moindre détail de la vie quotidienne était prétexte à jouer. Ainsi et puisque nous passions pas mal de temps sur les routes, déterminer le rôle de chauffeur demeurait l'un des principaux enjeux de nos enfantillages permanents. Dans l'absolu, j'aimais conduire, mais ce que j'appréciais davantage encore, c'était la regarder conduire. L'été, tout particulièrement, avec ses lunettes de soleil, ses longs cheveux ornés d'une tresse discrète et ses petites robes courtes qui, une fois qu'elle s'installait au fond du siège, paraissaient l'être un peu plus. À jamais ses jambes furent le plus beau spectacle auquel il m'ait été donné d'assister — à côté, même Sardou pouvait aller se rhabiller.

Nos jeux étaient ceux des enfants dans les cours de récréation. Deux cas de figure existaient : que je gagne du premier coup, ou qu'elle gagne jusqu'à ce qu'elle finisse inévitablement par perdre. Il n'y avait qu'un seul vainqueur ;

toujours le même, rarement le plus méritant, jamais le plus fair-play. Cela dit, voilà quelques semaines que nous jouions moins souvent. Et, quand ça arrivait, l'allégresse juvénile de nos joutes semblait s'être étiolée. Sans le vouloir, j'ajoutais une forme de pesanteur sur ce qu'il y avait de plus léger au monde. Des soucis d'adultes dans un manège de gamins. Je comblais plutôt mon passage à vide professionnel par un remplissage addictif qui confinait au pathétique. Chaque soir, lorsque Joséphine rentrait de ses longues journées de travail, je l'installais devant notre grand écran pour visionner un vieux concert — que je lui présentais façon *La dernière séance*, l'humour de M'sieur Eddy en moins.

Les concerts, nous continuions évidemment à en voir pour de vrai. En ce samedi matin de début de printemps, qui — voilà, ça me revient — allait bientôt basculer en un obscur dimanche de fin du monde, j'avais subitement décidé d'assister au spectacle de Serge Lama, prévu le soir même. « *Ah ! Il passe au Sébastopol ?* », m'interrogea Joséphine, sans grand enthousiasme. En réalité, il chantait à Ludres, un petit village lorrain, à quatre-cent-cinquante kilomètres de chez nous. Il restait quelques places, et j'en réservais deux sans la consulter. Au fond, je ne faisais qu'adopter une stratégie éprouvée, maintes fois victorieuse. La combinaison gagnante : imposer mon choix, ne pas la concerter, ne pas imaginer qu'elle puisse souhaiter autre chose. L'égocentrisme, voilà un jeu auquel je gagnais à tous les coups — et sans tricher.

Elle ne l'avait jamais vu sur scène. Je crois d'ailleurs qu'elle le connaissait davantage d'après ce que je lui racontais qu'à travers ses albums eux-mêmes. En présence de Joséphine, j'avais tendance à fuir les chansons de Lama, tant je redoutais ce cracheur de mots crus, pour qui amour rime rarement avec toujours. Je présume qu'après avoir écouté son répertoire, même le plus fusionnel des couples n'envisagerait qu'une seule échappatoire : se séparer sur-le-champ. Il faut dire que ses textes sont des traumatismes en vers, (dés)servies par des musiques légères qui ont souvent trompé leur monde. Au même titre que ce double bancroche qui tonitruait de rire sur les plateaux télé, elles ont dénaturé la perception d'un être qui, en vérité, se révèle beaucoup plus sombre que ça. Plus noir tu meurs. Mais, au-delà de leur teinte, les paroles de Lama ont ceci de remarquable qu'une fois mises à plat et déshabillées de leurs mélodies, elles prennent une dimension supérieure — un cas unique dans l'histoire de la chanson populaire, sans doute.

L'écrivain chantant éprouvait une solitude dont j'endossais — sans qu'il ne le sache, et donc sans que cela ne participe à sa souffrance — ma part de responsabilité, vu que je l'avais délaissé depuis bientôt trois ans. Je lui devais pourtant une fière chandelle, à Serge. Quelques années plus tôt, il m'avait accompagné dans le premier deuil de mes deuils : la disparition de ma grand-mère, dont il était le chanteur préféré — « *C'est pas l'plus beau, mais c'est celui que j'aime le mieux !* », répétait-elle à l'envi. Elle était décédée en février et, tout au long de l'année, j'avais assisté à cinq ou six représentations de sa tournée-anniversaire, qui célébrait un demi-siècle de chansons. Je réservais ma place des mois à l'avance, mais une fois dans la salle, je ne la rejoignais jamais. Invariablement, je restais tapi dans un coin, observant discrètement le public prendre possession des lieux d'un pas lent. Je guettais les sièges libres, et j'en repérais deux. Puis, au moment où les lumières s'éteignaient, je me précipitais pour nous y installer, mémé et moi.

Aussi étrange que cela puisse paraître, cet étrange cérémonial apaisait mon chagrin. Quant au spectacle en tant que tel, il était magnifique, même si certains moments me précipitaient dans une forme de gêne, à la lisière du mal-être.

Je me souviens notamment d'une chanson qui évoquait cet âge où la vie s'éloigne à vue de deuils, où le sexe devient un fardeau, où la jeunesse alentours vous bouscule, et où la fin s'approche inexorablement dans une affliction qui ne cesse de s'accroître. *J'arrive à l'heure où même vivre est fatigant.* Je regardais toutes ces têtes blanches à la ronde, et je ne pouvais pas m'empêcher de penser à ce qui s'y passait en dedans. Du haut de mes vingt ans, je souffrais pour tous ces inconnus qui avaient entre trois et quatre fois mon âge. Et puis, je m'interrogeais. La vocation d'un spectacle dit de variété était-elle de délivrer une vérité aussi abrupte, ou — au contraire — devait-il permettre à chacun d'oublier les tourments de l'existence, l'espace d'une heure ou deux ? Pendant les applaudissements anéantis qui succédaient inlassablement à ce texte coup de poing, je penchais ma tête vers la droite. *Dis, mémé, qu'est-ce t'en penses, toi ?*

Avant de partir pour Ludres, Joséphine musardait. Ça ne lui ressemblait pas. D'ordinaire, elle était celle qui se souciait de tout, à commencer par les horaires. Pour la première fois, je fus même contraint de la presser pour qu'elle daigne s'habiller. Mal, qui plus est — encore quelque chose d'inhabituel, tant elle avait toujours cultivé le bon goût. Je crois bien qu'en moi-même, je devais quand même avoir conscience de pousser le bouchon un peu loin avec ce concert-surprise. La preuve : je ne me permis aucune remarque désobligeante et m'installai spontanément côté conducteur. À proximité de l'Espace Chaudeau, je stationnai sur le parking d'un hôtel minable qui jouxtait une espèce de zone industrielle. Je n'y aurais jamais dormi et j'avais presque honte d'y laisser ma voiture. Mais comme nous étions en retard, il n'était plus question de tergiverser.

Au fil du spectacle, Serge Lama interpréta ses textes les plus sombres — *Et puis on s'aperçoit* en était la synthèse. *Et puis on s'aperçoit que d'être deux ça sert à rien.* Je me questionnais encore. À quoi pouvait bien songer Joséphine à l'instant où résonnaient ces mots ? Je l'ignorais. Nous n'avions pas échangé une parole du concert. En sortant, pas d'échange non plus : je monologuai. Inconsciemment, j'étais en pleine entreprise de sabordage. Je lui tendis les clés de la voiture. « *Tu conduis ?* » Une provocation de plus. Elle m'adressa un non définitif. Un non qui portait bien son nom. Je voulus rejouer, comme au bon vieux temps — pas si lointain. « *Tant pis, on passera la nuit dans la voiture s'il le faut !* », lui lançai-je d'un air bravache. Je me préparai à cette guerre d'usure, sans se tenir par la barbichette et sans éclat de rire final. En mon for intérieur, j'étais persuadé qu'elle craquerait, qu'elle finirait par prendre le volant. Ce n'était qu'une question de minute. Au bout de quelques secondes à peine, elle claqua la porte. « *Fais ce que tu veux, moi je vais dormir à l'hôtel !* »

Habile stratégie. Trente minutes après, j'étais prêt à m'avouer vaincu. Je tentai de l'appeler pour reconnaître ma défaite, mais elle ne répondit pas. Je pénétrai alors dans l'hôtel. « *Bonsoir. Une jeune femme brune est-elle entrée ici, il y a une bonne demi-heure ?* » Le gardien me parut suspicieux. Il décrocha le combiné qui se trouvait juste devant lui. « *Madame, ici la réception. Un jeune homme demande après vous. Entendu, Madame.* » Il raccrocha. Pour lui, il s'agissait d'un simple contrôle de routine. Dans ce genre d'établissement, ça se passait toujours comme ça. Chaque jour, ce type voyait sans doute défiler les amoureux en catalogues, les protagonistes de l'adultère, ces couples illégitimes que la discrétion incite à entrer et sortir du même endroit, mais jamais au même moment. « *Chambre 102 !* », me glissa-t-il avec un sourire qui voulait tout dire.

Il se trompait. Ce fut la première chambre d'hôtel où nous ne fîmes pas l'amour. C'est la dernière chambre d'hôtel que nous avons connue.

34. Souffrir par toi n'est pas souffrir

Si un jour tu veux revenir,
Sans mots, sans pleurs, sans même sourire.
Négligemment et sans te retenir.
Sans farder du passé tout l'avenir.

Joséphine aura été la saison la plus radieuse de toute ma vie. L'été d'une existence dont je ne vois plus que les hivers. Les manèges qu'on démonte. Et, dans la forêt, les arbres morts seulement. *Nouvelle demande d'abonnement. Prénom : Vincent. Chanson suggérée : Dès que le printemps revient.*

Au loin, je crois entrevoir le bout du tunnel. Je suis plongé dans l'obscurité depuis si longtemps qu'un léger filet de lumière suffit à m'éblouir. Ça me pique dans les yeux et je n'ai aucune idée de ce qui se dessine à l'horizon. Un printemps, qui sait ? *Nouvelle demande d'abonnement. Prénom : Thierry. Chanson suggérée : Une arrière-saison.*

J'espère au moins un redoux. Je rêve d'une vie d'ancien, qui goûterait enfin la quiétude infinie. D'aussi loin que je me souvienne, j'ai toujours éprouvé cette soif d'être vieux avant d'avoir vécu. Même lorsque Joséphine irradiait mon présent, déjà, je brûlais de ce lointain futur à ses côtés. *Nouvelle demande d'abonnement. Prénom : Christine. Chanson suggérée : Vieillir ensemble.*

Je suis persuadé que j'aurais chéri sa vieillesse autant que j'ai aimé sa jeunesse. Depuis nos premiers jours, ce fut le plus grand de mes fantasmes — peut-être le seul que je n'ai pas osé lui avouer. Combien de fois me suis-je imaginé tenir sa petite main fragile aux veines devenues si bleues ? *Nouvelle demande d'abonnement. Prénom : Richard. Chanson suggérée : La nuit crie victoire.*

C'était pour moi le symbole d'une vie réussie. Un idéal d'amour éternel auquel il m'arrive encore de rêver, au long de ces nuits sans sommeil où je meurs d'elle comme on meurt de faim. Avec le temps, ces moments se font plus rares. Et la morsure du chagrin, moins lancinante. *Nouvelle demande d'abonnement. Prénom : Françoise. Chanson suggérée : Un ami.*

Voilà maintenant huit mois que je travaille pour Qobuz, et c'est une raison majeure de mon mieux-être. Là-bas, je salue les uns et les autres sans que cela ne me réclame le moindre effort. Je suis surtout heureux de connaître Adama — le genre d'ami que je souhaite avoir depuis que je suis en âge de les choisir véritablement. Quant à Pierre-Claude, je ne manque jamais une occasion de le reprendre lorsqu'il se met à jargonner. *Nouvelle demande d'abonnement. Prénom : Philippe. Chanson suggérée : Toutes les filles.*

J'ai connu de jolies histoires. Camille était d'une extrême gentillesse, Andrea affichait une légèreté rafraîchissante, et Marie possédait une beauté à couper le souffle — elles avaient toutes quelque chose de Joséphine. Je les ai aimées infiniment moins, et pourtant — c'est cruel — je crois l'avoir fait beaucoup mieux. Il y eut aussi ces autres que ma petite notoriété intrigua au point de vouloir jouer les consolatrices — elles, par contre, ne soutenaient en rien la comparaison avec Joséphine. Alors, j'ai refermé mes bras qui ne peuvent l'atteindre. *Nouvelle demande d'abonnement. Prénom : Guillaume. Chanson suggérée : Les questions.*

Je m'en suis posé tellement qu'il est plus rapide de recenser les autres, celles que j'ai éludées, souvent par manque de courage. À quoi elle sert, cette existence sans Joséphine ? Ce que j'ai vécu depuis son départ ressemble à une façon de tromper l'ennui, la mort, l'amour — le seul. Après tout, il y a des gens qui ne se sont jamais remis de l'apparition des yéyés, du mini short de Sheila période *Love Me Baby*, ou de la mort de Mike Brant. Moi, je ne me suis jamais remis de Joséphine. *Prénom : Pierre. Chanson suggérée : Salut les amoureux.*

Les adieux qui quelquefois se passent un peu trop bien ? J'y crois de moins en moins. Joséphine n'a pas répondu à mon dernier courrier électronique, et j'en viens à penser qu'elle a bien fait. On ne se comprenait plus. Il est d'ailleurs troublant de constater que la personne dont on terminait les phrases finit un jour par parler une autre langue. L'un pour l'autre, nous sommes désormais deux étrangers. Comment une histoire aussi belle a-t-elle pu se terminer aussi mal ? *Nouvelle demande d'abonnement. Prénom : Nicole. Chanson suggérée : Mes précieux souvenirs.*

Un chagrin d'amour ne parait supportable qu'aux natures légères, qui ne se souviennent de rien. Pour ma part, je trimballe une mémoire qui — contrairement à moi — est implacable. Je ne sais plus qui a affirmé que la plus terrible des épreuves est de se remémorer les moments heureux lorsque tout va mal. Je suis persuadé qu'à l'inverse, le plus douloureux serait de réaliser, en plein désespoir, que le bonheur nous a toujours été inconnu. *Nouvelle demande d'abonnement. Prénom : Céline. Chanson suggérée : Le temps qui court.*

Et moi, quels souvenirs lui ai-je laissés ? Depuis qu'elle a jeté ses anathèmes numériques sur nos printemps casaniers, j'ai l'impression d'avoir été une erreur dans sa vie. Pour ma part, je ne pourrais jamais renier la nôtre, même si je sais qu'aujourd'hui, je n'en voudrais plus. J'en préférerais une autre — forcément différente, attendu que je ne suis plus vraiment le même. Il faut dire qu'en trois ans, on change, c'est inévitable. On se découvre des ressources insoupçonnées. Des passions, aussi. *Nouvelle demande d'abonnement. Prénom : Jean-Pierre. Chanson suggérée : Faire un pont.*

Dick Rivers en est une. Je ressens un plaisir indéfinissable à chaque fois — malheureusement, ça n'arrive pas tous les jours — qu'un nouvel abonné me souffle l'une de ses chansons. Cela dit, l'envers de cette passion est un regret : celui de ne pas l'avoir considéré de son vivant. Être saisi d'une telle ardeur pour un défunt a quelque chose de troublant. Rivers, qui a tant souffert d'être le laissé-pour-compte du rock français, aurait-il voulu qu'on l'aime autant, à titre posthume ? Et Joséphine, que j'ai si souvent négligée, apprécierait-elle que je le chérisse encore, notre amour mort à tout jamais ? *Nouvelle demande d'abonnement. Prénom : Marie. Chanson suggérée : Je t'aimais, je t'aime, je t'aimerai.*

Je m'étais intéressé à Dick Rivers parce qu'un journaliste l'avait critiqué ; et, de la même façon, je m'étais jeté sur la discographie de Cabrel après avoir lu ses déclarations — élogieuses, celles-ci — au sujet du rockeur niçois. Je crois que Francis Cabrel est le seul artiste que j'aimerais rencontrer. Jean-Jacques Goldman dit que les chansons sont souvent plus belles que leurs interprètes : j'ai la conviction que Cabrel est l'exception qui confirme la règle. *Nouvelle demande d'abonnement. Prénom : Grégoire. Chanson suggérée : La fleur aux dents.*

Si j'avais la chance de rencontrer Francis Cabrel, je ne pourrais m'empêcher de l'interroger. Comment cet homme, repu d'un amour inaltérable depuis ses dix-sept ans, a-t-il pu écrire des textes aussi mélancoliques ? J'y vois un curieux paradoxe. Moi, depuis que Joséphine m'a quitté, il ne m'est jamais venu à l'idée d'écouter une joyeuseté quelconque issue du répertoire de Joe Dassin. *Nouvelle demande d'abonnement. Prénom : Claudine. Chanson suggérée : Je suis l'homme d'un seul amour.*

Joséphine restera-t-elle mon unique amour ? Je n'en aurais aucun regret. Est-ce que Patrick Hernandez se lamente d'avoir fait *Born To Be Alive* ? Ça m'étonnerait. Après trois ans à vivoter, alourdi par les remords, je soutiens que cette histoire est définitivement la plus belle chose qui me soit arrivée. Ce succès sentimental et les souvenirs qu'il m'a laissés m'ont permis de me construire, de devenir l'homme que je suis. Debout, aujourd'hui. Et demain ? Ce n'est pas toujours facile de l'envisager avec tout cet hier à l'intérieur de moi. *Nouvelle demande d'abonnement. Prénom : Didier. Chanson suggérée : Est-ce que tu penses à moi ?*

Il m'arrive très souvent de me demander ce qu'elle fait, ce qu'elle vit. Je l'imagine heureuse, avec un compagnon qui prendrait soin d'elle. Il serait tout ce que je n'ai pas su être. Évidemment, elle nous comparerait. Lorsque ces pensées m'accablent, je les détourne vers des éventualités qui me sont plus douces. Peut-être qu'elle aussi, songe parfois à moi, à nous. Je me dis qu'il existe forcément une autre issue et qu'elle renouera le fil, d'une façon ou d'une autre. À la fin, la plupart du temps, j'arrive à m'en convaincre. Il faut dire que pour me raconter des histoires, j'ai toujours été le meilleur. *Nouvelle demande d'abonnement. Prénom : Joséphine. Chanson suggérée : Pour que tu m'aimes encore.*

Table des matières

Chagrins populaires

Playlist à retrouver sur toutes les plateformes

À perpétuité — Pierre Bachelet
Chaque jour de plus est un jour de trop — Michel Fugain
Elle est comme personne — Jean-Patrick Capdevielle
Et puis on s'aperçoit — Serge Lama
Irène — Alain Souchon
J'ai oublié de l'oublier — Eddy Mitchell
La pêche à la ligne — Renaud
La ruelle des morts — Hubert-Félix Thiéfaine
La saison des pluies — Gérard Lenorman
Le maudit — Véronique Sanson
Le vacarme — Antoine Villoutreix
Les filles comme moi — Fabienne Thibeault
Les lignes ennemies — Michel Delpech
Les séparés (N'écris pas) — Julien Clerc
Mes regrets — Michel Polnareff
Moyennement amoureuse — Pascale Borel & Lio
Pour me comprendre — Michel Berger
Pour te retrouver — Sheila
Quand tu danses — Jean-Jacques Goldman
S'enfuir et après — Michel Sardou
Si tu la croises un jour — Francis Cabrel
T'avoir perdue — Dick Rivers
Toutes les choses qu'on lui donne — William Sheller
Une seule journée passée sans elle — Michel Jonasz

Remerciements particuliers
à Nicole Syssau

ISBN : 978-2-81220-349-7
222, Boulevard Pereire - 75017 Paris
www.ramsay.fr

Réalisation : Ramsay Médias, Romorantin (41)
Imprimé en France par CPI
Dépôt légal à parution
N° d'impression : 2065536